Edition Weitbrecht

Die Bibliothek von Babel

Idee und Design
von
Franco Maria Ricci

Lord Arthur Saviles Verbrechen

von

Oscar Wilde

Mit einem Vorwort von
Jorge Luis Borges

CIP-Kurztitelaufnahme der Deutschen Bibliothek

Die Bibliothek von Babel: e. Sammlung phantast. Literatur / hrsg. von Jorge Luis Borges. – Stuttgart: Edition Weitbrecht
NE: Borges, Jorge Luis [Hrsg.]
Bd. 30 → Wilde, Oscar: Lord Arthur Saviles Verbrechen

Wilde, Oscar:
Lord Arthur Saviles Verbrechen / Oscar Wilde. [Dt. Übers. von Josef Thanner]. – Stuttgart: Edition Weitbrecht, 1984
(Die Bibliothek von Babel; Bd. 30)
Einheitssacht.: Lord Arthur Savile's Crime ⟨dt.⟩
ISBN 3 522 71300 1

Vorwort von Jorge Luis Borges

Deutsche Übersetzung von Maria Bamberg

Originaltitel der Erzählungen:
Lord Arthur Savile's Crime
The Canterville Ghost
The Happy Prince
The Nightingale and the Rose
The Selfish Giant
Aus dem Englischen von Josef Thanner
in: *Märchen und Erzählungen*

Design von Franco Maria Ricci und Marcella Boneschi, Mailand.
Den Text setzte die Utesch Satztechnik GmbH, Hamburg, in der Bodoni 12 Punkt.
Reproduziert von Reisacher Repro, Stuttgart.
Gedruckt von Gutmann, Heilbronn.
Gebunden von Wilhelm Röck, Weinsberg.

Vorwort

Oscar Fingal O'Flahertie Wills Wilde wurde als Sohn eines einflußreichen Augenarztes am 16. Dezember 1854 in Dublin geboren und starb an einem kalten Novembermittag des Jahres 1900 in einem bescheidenen Zimmer des Hôtel d'Alsace in Paris. Eines Tages hatte er zu seinem Bruder gesagt: «Jetzt bin ich noch Oscar Fingal O'Flahertie Wills Wilde. So wie der Ballonfahrer zum Aufsteigen Ballast abwirft, bin ich Oscar Wilde geworden. Für künftige Generationen werde ich Wilde oder Oscar sein.» Er studierte am Trinity College und in Oxford. Als hervorragender Hellenist bereiste er Griechenland im Jahre 1877, vor nunmehr über hundert Jahren.

Im Gegensatz zu manchen Schriftstellern, die versuchen, tief zu erscheinen, besaß Oscar Wilde – wie auch Heinrich Heine – eine eigene Tiefe, aber er bemühte sich, oberflächlich zu erscheinen. Dieser

Anschein von Oberflächlichkeit ist noch heute seinem Ruhm abträglich.

Er war der Hauptvertreter der Bewegung der «Decadents», einem englischen Gegenstück zum Symbolismus und den anderen damaligen Schulen des Décors, aber anders als seine Zeitgenossen nahm er sie nicht ganz so ernst. 1890 veröffentlichte er The Picture of Dorian Gray, *möglicherweise beeinflußt durch Stevensons berühmteste Schöpfung, jedoch hat bei Wilde die Gegenwart des Bösen einen anderen Stellenwert.*

Jahre früher machte er eine Reise durch die Vereinigten Staaten, und als er bei der Zollkontrolle gefragt wurde, ob er etwas zu deklarieren hätte, entgegnete er: «Nichts außer meinem Genie». Er reiste durch das ganze Land und hielt Vorträge. In New York verkündete er sein Evangelium des Ästhetizismus und behauptete, in Texas habe er in einem Lokal ein Schild mit dem Hinweis gelesen: «Schießen Sie nicht auf den Klavierspieler, er tut, was er kann.» Nach einem Vortrag in der Mormonenhauptstadt Salt Lake City versicherte er, der Saal sei so groß gewesen, daß an die vierzehn Familien darin Platz gefunden hätten. Und dann zeichnete er einen kleinen Plan, um zu zeigen, wie links von jedem Mormonen seine zehn Frauen und rechts seine Kinder gesessen hätten.

Bei seiner Rückkehr nach London erklärte er, die Entdeckung Amerikas sei ein bedauerlicher Fehler gewesen, und Kolumbus hätte besser daran getan vorbeizufahren. Von den Niagara-Fällen meinte er: «Sämtliche jungverheirateten Amerikanerinnen

werden dorthin gebracht, und das Bestaunen des erhabenen Schauspiels ist die erste, aber keineswegs die böseste Enttäuschung ihres Ehelebens.»
Als man ihm für einen Roman von hunderttausend Worten eine beträchtliche Summe bot, erwiderte er, daß er keine hunderttausend Worte kenne.
Allzuviel ist über die Klage geredet worden, die er 1895 wegen Beleidigung und Verleumdung gegen den Marquis von Queensberry anstrengte und die ihm eine Verurteilung zu zwei Jahren Zuchthaus einbrachte. Er soll bei seiner Entlassung aus der Haft wie ein König gewirkt haben, der aus der Verbannung heimkehrt. Aber als er in einem Buchladen hörte, wie jemand hinter seinem Rücken sagte: «Das da ist Oscar Wilde», reiste er am selben Abend nach Frankreich ab – er sollte die Lichter Londons niemals wiedersehen. In Calais führte ihn der Dichter Ernest Dowson zu seiner Ehrenrettung in ein Bordell. Wilde tat, was von ihm erwartet wurde, aber er schrie: «Never again! It was like cold mutton.»
1900 starb er, vergessen und verarmt, in einem Pariser Hotel. In der fünfhundert Jahre alten Kirche von Saint-Germain-des-Près wurde für ihn ein Respons gebetet. Der Besitzer des Hotels begleitete den Trauerzug und trug einen Kranz mit der Inschrift «À mon locateur». Der Prozeß und das Zuchthaus bedeuteten für Oscar Wilde im Grunde einen Selbstmord: Er selbst hat zu André Gide gesagt: «Ich wollte die Schattenseite des Gartens kennenlernen.»
Er war von selbstsicherem Auftreten, stets sehr

elegant und sportlich trainiert. Als er noch in Oxford studierte, drangen drei Studenten in sein Zimmer, um seine Sammlung orientalischen Porzellans zu zerschlagen. Wilde vertrieb sie mit Fausthieben.

Wie The Importance of being Earnest *(was Alfonso Reyes geistreich mit* La importancia de ser Severo *ins Spanische übersetzt hat) steht* Lord Arthur Savile's Crime (Lord Arthurs Saviles Verbrechen) *in aller Grazie jenseits von Gut und Böse. Es geht um einen Mord, aber die Tat wird in einer Welt begangen, die in ihrer vollkommenen Oberflächlichkeit um nichts wirklicher ist als die wohlüberlegte Phantastik von* Tausendundeiner Nacht. *Zur Verdeutlichung dieser Übereinstimmung ließe sich noch hinzufügen, daß die ganze Erzählung, wie bei Chesterton oder Stevenson, in einem Traum-London spielt, wo der islamische Begriff des Schicksalhaften herrscht. Wie in seinen Gesellschaftskomödien bringt Wilde Personen ins Spiel, deren Albernheit dem Autor Gelegenheit gibt, geistreich zu blödeln. Denken wir an jene vornehme Dame, die beim Anblick einer Landkarte von Australien sagt: «Was für eine merkwürdige Form!», um dann wie zur Erklärung hinzuzufügen: «Nun ja, ist ja noch ein sehr junges Land!»*

Das Motiv des The Canterville Ghost (Das Gespenst von Canterville) *ist eigentlich das eines Schloß- und Geisterromans, aber Wilde macht daraus etwas ganz anderes, zum Glück für den Leser. In dieser amüsanten Geschichte nehmen die Amerikaner das Gespenst nicht ernst, und weder die Leser noch Wilde nehmen die Amerikaner ernst.* The Happy Prince (Der glückliche Prinz), The Nightingall and the Rose (Die Nachtigall und die Rose), The Selfish Giant (Der selbstsüchtige Riese) *sind Märchen, aber ohne die Ursprünglichkeit der Grimmschen Märchen – sie haben etwas Sentimentalisches, man denkt an Hans Christian Andersen –, jedoch sind sie durchtränkt von jener melancholischen Ironie, die typisch für Oscar Wilde ist.*

Über achtzig Jahre trennen uns von Wildes Tod. Seine Zeit ist uns so ferngerückt und schon zu einem Museumsstück geworden. Aber der große Ire mit dem traurigen Geschick und der begnadeten Seele ist unser Zeitgenosse und der vieler künftiger Geschlechter. Seine letzten Endes unzerstörbare Lebensbejahung bewahrt ihn davor, nach Art des Dänenprinzen als tragischer Dandy in unserer Erinnerung weiterzuleben.

Jorge Luis Borges

Lord Arthur Saviles Verbrechen

1

Es war auf Lady Windermeres letztem Empfang vor Ostern, und in Bentick House waren mehr Besucher als sonst. Sechs Minister des Kabinetts waren von des *Speakers Levée* gekommen mit Orden und Bändern, alle die hübschen Frauen trugen ihre schönsten Toiletten, und am Ende der Bildergalerie stand Prinzessin Sophie von Karlsruhe, eine gewichtige Lady mit einem Tatarenkopf, kleinen schwarzen Augen und herrlichen Smaragden; sie sprach schlechtes Französisch, so laut sie's vermochte, und lachte unmäßig über alles, was man zu ihr sagte. Es war ein buntes Gemisch von Menschen. Die glänzenden Gemahlinnen der anwesenden Pairs sprachen freundlich mit extremen Radikalen, volkstümliche Prediger sah man neben bekannten Skeptikern, ein Rudel Bischöfe folgte

einer wohlbeleibten Primadonna von Salon zu Salon, an der Treppe standen mehrere Mitglieder der königlichen Akademie, die Künstler zu sein vorgaben, und man sagt, daß zeitweise der Speisesalon mit Genies regelrecht vollgepfropft gewesen sei. Tatsache ist, daß der Abend einer der erfolgreichsten Lady Windermeres war, und die Prinzessin blieb bis beinahe ein halb zwölf Uhr.
Sobald sie gegangen war, kehrte Lady Windermere in die Bildergalerie zurück, wo ein gefeierter Nationalökonom einem ungehobelten ungarischen Virtuosen auf würdige Weise die wissenschaftliche Theorie der Musik erklärte, und fing ein Gespräch mit der Herzogin von Paisley an. Die Lady war außergewöhnlich schön mit ihrem Elfenbeinhals, ihren großen blauen Vergißmeinnichtaugen und den schweren goldenen Haarflechten. *Or pur* waren sie – nicht von dieser blassen Strohfarbe, die heutzutage den auszeichnenden Namen Gold in Anspruch nimmt, sondern von solchem Gold, wie es in die Sonnenstrahlen gewebt ist oder verborgen im fremdartigen Bernstein. Und diese Haare gaben ihr etwas von einer Heiligen, ohne daß man auch nur den geringsten Reiz einer Sünderin hätte verspüren können. Sie war gewiß ein interessantes Objekt für psychologische Studien. Schon früh in ihrem Leben hatte sie die wichtige Wahrheit entdeckt, daß nichts so sehr den Anschein der Unschuld erweckt als eine gewisse Arglosigkeit; und durch einige dieser sorglosen Eskapaden, die Hälfte davon wirklich harmlos, hatte sie sich alle Vorrechte einer Persönlichkeit erworben. Sie hatte mehr als einmal

den Gemahl gewechselt; die Wahrheit ist, daß Debrett sie mit drei Ehen belastet; doch da sie nie ihren Liebhaber wechselte, hatte die Welt längst aufgehört, über sie zu reden. Sie war nun vierzig Jahre alt, kinderlos und hatte jene unmäßige Leidenschaft für Vergnügungen, die das Geheimnis fortwährender Jugend ist.

Plötzlich blickte sie sich im Salon um und sagte mit ihrer Altstimme: «Wo ist mein Chiromant?»

«Ihr was, Gladys», rief die Herzogin und sprang unwillkürlich auf.

«Mein Chiromant, Herzogin; gegenwärtig kann ich nicht ohne ihn leben.»

«Liebe Gladys, Sie sind immer so originell!» murmelte die Herzogin, versuchte sich zu erinnern, was ein Chiromant sei, und hoffte zugleich, es möge doch nicht dasselbe sein wie ein Chiropodist.

«Zweimal in der Woche kommt er, mir aus der Hand zu lesen», fuhr Lady Windermere fort, «und seine Besuche sind höchst interessant.»

Du lieber Himmel, sagte die Herzogin zu sich. Er muß also doch so eine Art Chiropodist sein. Wie entsetzlich. Hoffentlich ist er wenigstens ein Ausländer. Es wäre dann nur halb so schlimm.

«Ich muß ihn Ihnen unbedingt vorstellen.»

«Ihn mir vorstellen!» rief die Herzogin. «Ist er denn hier?» Und sie sah sich nach ihrem kleinen Schildpattfächer um und nach ihrem schon etwas mitgenommenen Spitzenschal, um im Falle des Falles sofort gehen zu können.

«Natürlich ist er hier; nicht im Traum fiele es mir ein, eine Gesellschaft ohne ihn zu geben. Ich hätte eine einfach psychische Hand, meint er, und wenn mein Daumen nur um eine Geringfügigkeit kürzer wäre, wäre ich eine ausgesprochene Pessimistin und schon längst im Kloster.»

«Oh, ich verstehe!» sagte die Herzogin und fühlte sich um vieles erleichtert. «Er sagt Ihnen also alles zukünftige Glück voraus?»

«Und ebenso alles Unglück», erwiderte Lady Windermere, «alles. Nächstes Jahr, zum Beispiel, bin ich in großer Gefahr, auf dem festen Land sowohl wie auf dem Wasser; ich werde demzufolge in einem Ballon wohnen und mein Essen jeden Abend in einem Korb zu mir heraufziehen. Steht alles auf meinem kleinen Finger oder auf meiner Handfläche, ich erinnere mich nicht mehr genau wo.»

«Aber Gladys, das heiß ich die Vorsehung versuchen.»

«Meine liebe Herzogin, die Vorsehung hat wohl schon gelernt, der Versuchung zu widerstehen. Ich für mein Teil bin dafür, daß sich jeder Mensch einmal im Monat aus der Hand lesen lassen sollte, damit er weiß, woran er ist. Nun, kaum einer wird darauf achten; aber es ist immerhin nett, gewarnt zu sein. Hoffentlich holt nun jemand Mr. Podgers, sonst muß ich mich selbst auf die Suche begeben.»

«Lassen Sie mich gehen, Lady Windermere», sagte ein großer, gutaussehender junger Mann, der in der Nähe gestanden war und dem Gespräch amüsiert zugehört hatte.

«Herzlichen Dank, Lord Arthur; ich fürchte nur, Sie werden ihn nicht erkennen.»

«Ist er so wunderlich, wie Sie ihn beschrieben haben, Lady Windermere, werde ich ihn wohl kaum übersehen können. Sagen Sie mir doch, wie er aussieht, und ich bringe ihn auf der Stelle zu Ihnen.»

«Hm. Einem Chiromanten sieht er nicht ähnlich. Ich meine, er ist nicht mysteriös oder esoterisch oder eine romantische Erscheinung. Er ist ein kleiner, dicker Herr mit einem spaßigen kahlen Kopf und großen goldgerahmten Gläsern; so etwas zwischen einem Hausdoktor und einem Landadvokaten. Es tut mir leid, aber ich kann's nicht ändern. Es ist tatsächlich ärgerlich. Meine Pianisten sehen alle aus wie Poeten, und meine Poeten wie Pianisten. Und ich erinnere mich, daß ich während der letzten Saison einen der schrecklichsten Verschwörer zu einem Diner eingeladen habe, einen Menschen, der schon soundso viele andere Menschen hinüberbefördert hat, immer ein Panzerhemd trägt und in seinem Hemdsärmel immer einen Dolch stecken hat; und können Sie sich vorstellen, wie er mir vorkam, als ich ihn sah? – wie ein netter alter Pastor; er erzählte den ganzen Abend Witze! Natürlich war er unterhaltsam, ja; aber ich war doch enttäuscht. Als ich ihn dann nach seinem Eisenhemd fragte, lachte er nur und meinte, England sei viel zu kalt, um es hier tragen zu können. Ah, endlich, Mr. Podgers! Mr. Podgers, ich bitte Sie, der Herzogin von Paisley aus der Hand zu lesen! Herzogin, Sie müssen Ihren Handschuh ausziehen. Nein, nicht den linken, den andern.»

«Ich fürchte, liebe Gladys, es ist nicht ganz in der

Ordnung», sagte die Herzogin und knöpfte zaghaft ihren ziemlich verschmutzten Glacéhandschuh auf.
«Interessantes ist es nie», meinte Lady Windermere. «*On a fait le monde ainsi.* Aber ich muß Sie bekannt machen. Herzogin, mein Lieblingschiromant, Mr. Podgers. Mr. Podgers, die Herzogin von Paisley; und sollte es Ihnen einfallen zu behaupten, die Herzogin habe einen größeren Mondberg als ich, so werde ich Ihnen nie wieder Glauben schenken.»
«Ich bin dessen ganz sicher, Gladys, daß nichts Derartiges in meiner Hand ist», sagte die Herzogin ernst.
«Euer Gnaden haben recht», sagte Mr. Podgers und schaute sich die fette kleine Hand mit den kurzen breiten Fingern genauer an. «Der Mondberg ist nicht entwickelt. Die Lebenslinie jedoch ist exzellent. Biegen Sie bitte freundlicherweise Ihr Handgelenk. Danke. Drei eindeutige Linien auf der *rascette!* Sie werden ein hohes Alter erreichen, Frau Herzogin, und sehr glücklich sein. Ambitionen – sehr maßvoll, die Linie des Intellekts keineswegs übertrieben ausgeprägt, die Herzlinie ...»
«Na, Mr. Podgers, werden Sie mal etwas freimütiger», rief Lady Windermere.
«Nichts würde mir größeres Vergnügen bereiten», erwiderte Mr. Podgers, sich leicht verbeugend, «wenn die Frau Herzogin Anlaß dazu gäbe. Leider muß ich sagen, daß ich eine große Beharrlichkeit der Eigenschaften, verbunden mit starkem Pflichtbewußtsein, feststelle.»

«O weiter, bitte, Mr. Podgers», sagte die Herzogin sehr zufrieden.
«Sparsamkeit ist nicht Euer Gnaden bescheidenste Tugend», fuhr Mr. Podgers fort, und Lady Windermere schüttelte sich vor Lachen.
«Sparsamkeit hat schon ihr Gutes», meinte die Herzogin selbstgefällig. «Als ich damals Paisley heiratete, hatte er elf Schlösser und nicht ein einziges Haus, in dem wir hätten wohnen können.»
«Und jetzt hat er zwölf Häuser und nicht ein einziges Schloß», rief Lady Windermere.
«Na, meine Liebe, ich liebe ...»
«Komfort», sagte Mr. Podgers, «moderne Erneuerungen und fließendes warmes Wasser in jedem Schlafzimmer. Euer Gnaden haben ganz recht. Das einzige, was unsere Zivilisation uns zu geben hat, ist Komfort.»
«Sie haben der Herzogin Charakter bewundernswürdig dargelegt, Mr. Podgers; jetzt müssen Sie noch Lady Flora aus der Hand lesen.»
Auf das Nicken der lächelnden Gastgeberin hin kam linkisch ein aufgeschossenes junges Ding mit rotbraunen Haaren vom Sofa her und streckte ihre knochige lange Hand mit spatelförmigen Fingern aus.
«Ah, eine Pianistin, wie ich sehe!» sagte Mr. Podgers, «eine ausgezeichnete Pianistin, doch wohl kaum Musikerin. Sehr zurückhaltend, sehr ehrlich, voll Liebe zu Tieren.»
«Sehr richtig!» rief die Herzogin und wandte sich Lady Windermere zu. «Absolut wahr! Flora hält zwei Dutzend Collies in Macloskie, und sie würde

wohl auch unser Stadthaus in eine Menagerie verwandeln, wenn ihr Vater es erlauben würde.»

«Na, das ist grade, was ich jeden Donnerstagabend mit meinem Haus tue», rief Lady Windermere lachend. «Nur habe ich *Löwen* lieber als *Collies.*»

«Ihr einziger Fehler, Lady Windermere», sagte Mr. Podgers und verbeugte sich wichtigtuend.

«Wenn eine Frau ihre Fehler nicht charmant machen kann, ist sie nur eins dieser weiblichen Wesen», war die Antwort. «Aber Sie müssen noch einigen die Hände untersuchen. Kommen Sie, Sir Thomas, zeigen Sie Mr. Podgers Ihre Hände.» Ein genial aussehender alter Gentleman in weißer Weste trat zu ihm und streckte eine dicke, rauhe Hand mit einem sehr langen Mittelfinger aus.

«Eine abenteuerliche Natur; vier lange Reisen in Ihrer Vergangenheit und eine noch ausstehend. Dreimal in Seenot geraten. Nein, nur zweimal; aber für Ihre nächste Reise besteht die Gefahr, neuerdings in Seenot zu geraten. Stark konservativ, sehr pünktlich, und Leidenschaft, Kuriositäten zu sammeln. Hatten eine ernste Krankheit zwischen ihrem sechzehnten und achtzehnten Lebensjahr. Traten mit dreißig eine große Erbschaft an. Großer Widerwille gegen Katzen und Radikale.»

«Großartig!» rief Sir Thomas. «Sie müssen auch meiner Frau aus der Hand lesen.»

«Ihrer zweiten Frau», sagte Mr. Podgers, der noch Sir Thomas' Hand in seiner hielt, ruhig. «Ihrer zweiten Frau. Es wird mir eine Ehre sein.» Aber Lady Marvel, ein melancholisches Frauenzimmer mit braunen Haaren und sentimentalen Augenlidern, widersetzte sich, ihre Vergangenheit oder Zukunft aufgedeckt zu wissen. Lady Windermere vermochte auch nicht, Monsieur de Koloff, den russischen Gesandten, zu bewegen, seine Handschuhe auszuziehen. Tatsächlich schienen viele den komischen kleinen Mann mit seinem ewigen Lächeln, seinen goldgerahmten Brillen und den hellen Kugelaugen zu fürchten. Und als er gar der armen Lady Fermor vor allen Leuten auf den Kopf zusagte, daß ihr Musik völlig gleichgültig sei, daß sie aber in Musiker vernarrt sei, fühlte man allgemein, daß Chiromantie eine sehr gefährliche Wissenschaft sei, eine Wissenschaft, die man keineswegs fördern sollte, ausgenommen bei einem *tête-à-tête.*

Lord Arthur Savile jedoch, der nichts von Lady Fermors unglücklicher Geschichte wußte und Mr. Podgers sehr interessiert zuschaute, war von einer solch schrecklichen Neugierde, was wohl aus seiner Hand zu lesen wäre, geplagt, daß er, obwohl es ihm etwas unangenehm war sich vorzudrängen, auf Lady Windermere, die Platz genommen hatte, zuging und unter hübschem Erröten fragte, ob Mr. Podgers wohl etwas dagegen haben würde ...

«Natürlich nicht», sagte Lady Windermere, «dafür ist er hier. Alle meine Löwen, Lord Arthur, leisten etwas und springen durch Reifen, wenn ich es ihnen befehle. Doch muß ich Sie davor warnen, daß ich Sybil alles erzählen werde. Morgen mittag kommt sie zu mir zum Essen. Wir müssen über ein paar Hüte reden. Und sollte Mr. Podgers herausfinden, daß Sie ein böses Temperament haben oder die Neigung zur Gicht oder eine Frau in Bayswater, so werde ich ihr, verlassen Sie sich darauf, alles wiedererzählen.»

Lord Arthur lächelte und schüttelte den Kopf. «Davor habe ich keine Angst», antwortete er. «Sybil kennt mich so gut wie ich sie.»

«O schade, daß ich das hören mußte. Die richtige Grundlage für eine Ehe ist ein gegenseitiges Mißtrauen. Nein, ich will keineswegs zynisch sein, ich habe lediglich einige Erfahrung, was allerdings ziemlich dasselbe ist. Mr. Podgers, Lord Arthur Savile brennt darauf, daß Sie ihm aus der Hand lesen. Sagen Sie ihm aber nicht, daß er mit einem der schönsten Mädchen von London verlobt ist; das haben wir schon in der *Morning Post* gelesen.»

«Meine liebe Lady Windermere», rief die Marquise von Jedburgh, «lassen Sie mir doch Mr. Podgers noch einen Augenblick. Er hat mir gerade gesagt, daß ich zum Theater gehen sollte, und das interessiert mich natürlich.»

«Wenn er Ihnen das erzählt hat, Lady Jedburgh, dann muß ich ihn Ihnen unbedingt wegnehmen. Kommen Sie her, Mr. Podgers; lesen Sie aus Lord Arthurs Hand.»

«Nun gut», sagte Lady Jedburgh und machte eine kleine *moue*, während sie sich vom Sofa erhob, «wenn es mir schon nicht erlaubt ist, zur Bühne zu kommen, so will ich wenigstens ein Teil des Publikums sein.»

«Natürlich; wir werden alle ein Teil des Publikums sein», sagte Lady Windermere. «Und nun, Mr. Podgers, sagen Sie uns etwas Nettes. Lord Arthur ist einer meiner besonderen Lieblinge.»

Aber als Mr. Podgers Lord Arthurs Hand sah, wurde er eigenartig gelb im Gesicht und sagte nichts. Sein Körper schien zu erschauern, und seine buschigen Augenbrauen zuckten krampfhaft auf wunderliche, aufreizende Art wie immer, wenn er in Verlegenheit geriet. Dann brachen einige große Schweißperlen aus seiner gelben Stirn wie giftiger Tau, und seine fetten Finger wurden kalt und feucht.

Lord Arthur übersah diese seltsamen Zeichen einer Unruhe nicht, und zum erstenmal in seinem Leben fürchtete er sich. Sein erster Gedanke war, den Raum zu verlassen; aber er tat sich Gewalt an. Es war besser, das Schlimmste zu erfahren, mochte es sein, was immer es wollte, als in dieser scheußlichen Ungewißheit bleiben zu müssen.

«Ich warte, Mr. Podgers», sagte er.

«Wir warten alle», rief Lady Windermere in ihrer lebhaften, ungeduldigen Art; aber der Chiromant gab keine Antwort.

«Ich glaube, Arthur will auch zum Theater», sagte Lady Jedburgh. «Und durch Ihre Schimpferei will Mr. Podgers nicht raus mit der Sprache.»

Plötzlich ließ Mr. Podgers Lord Arthurs rechte Hand fahren und ergriff die linke. Er beugte sich so tief darüber, daß der Goldrahmen seiner Brille die Handfläche zu berühren schien. Für einen Augenblick ward sein Gesicht eine weiße Maske des Schreckens; er bewahrte aber dann doch sein *sang-froid.* Er blickte auf und zu Lady Windermere und sagte mit einem erzwungenen Lächeln: «Die Hand eines liebenswürdigen jungen Mannes.»

«Kein Zweifel darüber!» erwiderte Lady Windermere. «Doch wird er auch ein liebenswürdiger Ehemann sein? Das möchte ich wissen.»
«Alle liebenswürdigen jungen Männer sind es», sagte Mr. Podgers.
«Ich glaube nicht, daß ein Ehemann allzu bezaubernd sein soll», murmelte Lady Jedburgh gedankenvoll. «Es ist so gefährlich.»
«Mein liebes Kind, die Ehemänner sind niemals allzu bezaubernd», rief Lady Windermere. «Ich möchte aber Einzelheiten hören. Einzelheiten allein sind interessant. Was wird Lord Arthur alles zustoßen?»
«Nun – in den nächsten Monaten wird Lord Arthur sich auf Reisen begeben ...»
«O ja, auf Hochzeitsreise, natürlich!»
«Und einen Verwandten verlieren.»
«Hoffentlich nicht seine Schwester?» sagte Lady Jedburgh mit trauriger Stimme.
«Gewiß nicht seine Schwester», antwortete Mr. Podgers mit einer abwehrenden Handbewegung, «nur einen entfernten Verwandten.»
«Na, ich bin schrecklich enttäuscht», sagte Lady Windermere. «Nichts, absolut nichts, das ich morgen Sybil erzählen könnte. Niemand kümmert sich heute mehr um entfernte Verwandte. Die sind schon seit Jahren aus der Mode. Trotzdem glaube ich, daß sie sich besser ein schwarzes Seidenkleid bereitlegt; es macht sich immer gut in der Kirche, wissen Sie. Und nun gehn wir essen. Man hat uns gewiß schon alles weggegessen, immerhin könnten wir noch etwas heiße Suppe vorfinden. François

kochte bisher immer ausgezeichnete Suppen, aber im Augenblick ist er von der Politik so sehr in Anspruch genommen, daß kein Verlaß mehr auf ihn ist. Ich wünsche wirklich, General Boulanger würde endlich Ruhe geben. Herzogin, ich glaube, Sie sind müde?»

«Nicht im geringsten, liebe Gladys», erwiderte die Herzogin und watschelte zur Tür. «Ich habe mich großartig amüsiert, und der Chiropodist, ich meine, der Chiromant ist höchst interessant. Flora, weißt du, wo mein Schildpattfächer ist? Oh, danke, Sir Thomas, danke. Und mein Spitzenschal, Flora? Oh, danke, Sir Thomas, wirklich sehr freundlich.» Und diese würdige Person brachte es endlich fertig, die Treppen hinabzukommen, ohne ihr Riechfläschchen öfter als zweimal zu verlieren.

Während dieser Zeit stand Lord Arthur Savile am Kamin, noch immer mit demselben Gefühl, bedroht zu sein, mit demselben ekligen Vorgefühl des kommenden Unheils. Er lächelte traurig seiner Schwester zu, die reizend aussah in ihrem rosaroten Brokatkleid und ihren Perlen, als sie an Lord Plymdales Arm vorüberging. Und er hörte kaum Lady Windermere, als sie ihm zurief, doch mit ihr zu kommen. Er dachte an Sybil Merton, und der Gedanke, daß etwas sie auseinanderbringen könnte, verschleierte seine Augen mit Tränen.

Man hätte bei seinem Anblick sagen mögen, daß Nemesis den Schild der Pallas gestohlen und ihm das Gorgonenhaupt gezeigt habe. Er schien zu Stein geworden zu sein; in seiner Melancholie war sein Gesicht wie Marmor. Er hatte das feine und luxuriöse Leben eines reichen jungen Mannes von Stand geführt, ein Leben, auserlesen durch die Abwesenheit unangenehmer Sorgen, auserlesen durch die herrliche knabenhafte Unbekümmertheit; und nun, zum erstenmal in seinem Leben, war ihm das schreckliche Geheimnis des Schicksals als furchtbare Ahnung bewußt geworden.

Wie wahnsinnig und ungeheuerlich alles zu sein schien! Könnte es denn sein, daß in seine Hand, in Zeichen, ihm unverständlich, die aber ein anderer entziffern konnte, das fürchterliche Geheimnis einer Sünde, das blutrote Merkmal eines Verbrechens geschrieben war? Konnte man dem nicht entfliehen? Sind wir nichts Besseres als Schachfiguren, die eine unsichtbare Macht hin und her bewegt, Gefäße, von der Willkür des Töpfers geschaffen, um sie mit Ehre oder Schande anzufüllen? Sein Verstand empörte sich dagegen, und doch fühlte er, daß irgendein Unheil sich über ihm zusammenzog und er plötzlich dazu berufen war, eine unerträgliche Bürde auf sich nehmen zu müssen. Schauspieler sind vom Glück so begünstigt! Sie können wählen zwischen Tragödie und Komödie, Leiden und Fröhlichkeit, Lachen und Tränen. Das wirkliche Leben ist dem so unähnlich. Männer wie Frauen werden gezwungen, Rollen zu verkörpern, für die sie nicht geeignet sind. Unsere Guildensterns spielen Hamlet, und unsere Hamlets müssen scherzen wie Prinz Hal. Die Welt ist eine Bühne, aber die Rollen sind schlecht verteilt.

Plötzlich trat Mr. Podgers in den Salon. Als er Lord Arthur sah, erschrak er, und sein Gesicht verfärbte sich grünlichgelb. Die Augen der beiden Männer trafen sich, und für einen Augenblick standen sie sich lautlos gegenüber.

«Die Herzogin hat einen Handschuh vergessen, Lord Arthur, und bat mich, ihn zu holen», sagte schließlich Mr. Podgers. «Ah, ich sehe ihn auf dem Sofa liegen! Guten Abend.»

«Mr. Podgers, ich muß darauf bestehen, daß Sie mir ohne Ausflüchte auf meine Frage antworten, die ich an Sie richten werde.»

«Ein andermal, Lord Arthur, die Herzogin wartet. Ich muß leider gehen.»

«Bleiben Sie. Die Herzogin ist nicht in Eile.»

«Damen sollte man nicht warten lassen, Lord Arthur», sagte Mr. Podgers mit seinem süßlichen Lächeln. «Das schöne Geschlecht wird leicht ungeduldig.»

Lord Arthurs schön geformte Lippen zogen sich voll Geringschätzung zusammen. Die arme Herzogin schien ihm in diesem Augenblick ziemlich unwichtig zu sein. Er schritt durch den Salon zu Mr. Podgers und streckte seine Hand aus.

«Sagen Sie, was Sie darin sehen», sagte er. «Bleiben Sie bei der Wahrheit. Ich muß sie wissen. Ich bin kein Kind.»

Mr. Podgers' Augen zwinkerten hinter den goldgerahmten Gläsern, und er trat unruhig von einem Fuß auf den andern; und seine Finger spielten nervös mit einer prachtvollen Uhrkette.

«Was, Lord Arthur, läßt Sie vermuten, daß ich mehr aus Ihrer Hand gelesen hätte, als ich Ihnen sagte?»

«Ich weiß, daß Sie mehr gesehen haben, und ich lege Wert darauf, zu erfahren, was es war. Ich werde Sie dafür bezahlen. Ich stelle Ihnen einen Scheck über einhundert Pfund Sterling aus.»
Die grünen Augen funkelten für einen Augenblick, wurden aber sofort wieder stumpf.
«Guineen?» sagte Mr. Podgers schließlich mit leiser Stimme.
«Jawohl. Ich werde Ihnen morgen einen Scheck zustellen. Wie ist der Name Ihres Klubs?»
«Ich bin in keinem Klub, das heißt nicht gegenwärtig. Meine Adresse ist ... aber erlauben Sie, Ihnen meine Karte zu geben.» Und Mr. Podgers zog eine goldgeränderte Visitenkarte aus seiner Westentasche und gab sie Lord Arthur mit einer tiefen Verbeugung. Lord Arthur las: *Mr. Septimus R. Podgers, Chiromant, 103 a West Moon Street.*
«Sprechstunden von zehn bis vier Uhr», murmelte Mr. Podgers mechanisch. «Für Familien ermäßigte Preise.»
«Machen Sie's schnell», rief Lord Arthur, der sehr fahl war und seine Hand ausstreckte.
Mr. Podgers blickte sich nervös um und zog die schwere Portiere vor die Tür.
«Es wird ein wenig Zeit in Anspruch nehmen, Lord Arthur; Sie setzen sich besser.»
«Schnell, Sir», rief Lord Arthur nochmals und stampfte ärgerlich mit dem Fuß auf.
Mr. Podgers lächelte, nahm aus seiner Brusttasche ein kleines Vergrößerungsglas und putzte es sorgfältig mit seinem Taschentuch. «Ich stehe zu Diensten», sagte er.

2

Zehn Minuten später, mit einem Gesicht, weiß vor Entsetzen, und schreckgeweiteten Augen, verließ Lord Arthur Savile eiligen Schritts Bentick House und bahnte sich einen Weg durch die pelzbewehrten Bediensteten, die unter der großen gestreiften Markise herumstanden und nichts zu hören und zu sehen schienen. Die Nacht war bitterkalt, und die Gaslampen rund um den Platz flackerten und flimmerten im scharfen Wind. Aber Lord Arthur Saviles Hände waren fieberheiß, und seine Stirne brannte wie Feuer. Weiter und weiter schritt er, fast wie ein Betrunkener. Ein Polizist blickte dem Vorüberkommenden neugierig nach, und ein Bettler, der aus einem Torbogen hervorschlenderte, um ihn um Almosen zu bitten, erschrak, als er größeres Elend sah als sein eignes. Einmal hielt er unter einer Laterne inne und blickte auf seine Hände. Er vermeinte schon die Blutspuren an ihnen entdecken zu können, und ein schwacher Aufschrei kam über seine zitternden Lippen.

Mord! Das hatte der Chiromant aus ihnen gelesen. Mord! Selbst die Nacht schien es zu wissen, und der einsame Wind schien es in seine Ohren zu heulen. Die dunklen Straßenwinkel waren voll davon. Es grinste ihm von den Dächern der Häuser entgegen.

Dann kam er in den Park, dessen nachtschattendes Buschwerk ihn anzuziehen schien. Er lehnte sich erschöpft ans Geländer, kühlte seine Stirn am feuchten Metall und horchte in die zitternde Stille der Bäume. «Mord! Mord!» wiederholte er immer wieder, als ob die Wiederholung das Grausen vor diesem Wort lindern konnte. Der Klang seiner eignen Stimme ließ ihn erschaudern, und doch hoffte er, daß das Echo ihn hören und die schlafende Stadt aus den Träumen wecken möge. Er fühlte ein wahnsinniges Verlangen, die zufällig Vorüberkommenden aufzuhalten und ihnen alles mitzuteilen.

Dann ging er weiter durch die Oxford Street in eine enge, verrufene Gasse. Zwei geschminkte Weiber spotteten über den Eilenden. Aus einem dunklen Hof kam das Geräusch von Flüchen und Schlägen, dem schrilles Geschrei folgte. Zusammengesunken auf einer feuchten Türschwelle sah er die gekrümmten Gestalten der Armut und des Alters. Seltsames Mitleid fühlte er plötzlich. Waren diese Kinder der Sünde und des Elends bis zu ihrem Ende dazu verdammt wie er zu seinem Schicksal? Waren sie, gleich ihm, bloß die Puppen eines unheimlichen Spiels?

Und doch war es nicht das Mysteriöse des Leidens, das ihn so sehr berührte, sondern die Komödie; seine absolute Nutzlosigkeit, seine groteske Sinnlosigkeit. Wie zusammenhanglos alles schien! Wie bar aller Harmonie! Er war bestürzt über den Zwiespalt zwischen dem seichten Optimismus seines Alltags und der Wirklichkeit. Er war noch sehr jung.

Einige Zeit später stand er vor der Marylebone-Kirche. Die stille Fahrbahn war wie ein langes Band polierten Silbers, da und dort gefleckt von den dunklen Arabesken sich bewegender Schatten. Weithin in der Ferne wand sich die Reihe der flackernden Gaslaternen, und außerhalb eines kleinen, von einer Mauer umgebenen Hauses stand eine einsame Droschke, in welcher der Kutscher schlief. Er schritt eilig in die Richtung von Portland Place; er blickte sich dann und wann um, als ob er fürchtete, jemand folge ihm. An der Ecke von Rich Street standen zwei Männer, die einen kleinen Anschlagzettel an einem Zaun lasen. Dies erweckte in ihm ein befremdendes Gefühl der Neugierde, und er schritt hinüber. Als er nahe genug war, sprang das Wort «Mord», groß in schwarzen Buchstaben gedruckt, in seine Augen. Er erschrak, und tiefe Röte zog sich über sein Gesicht. Es war eine Bekanntmachung; eine Belohnung war ausgesetzt für jede Angabe, die zur Ergreifung des Mannes führen könnte, eines Mannes von mittlerer Größe, zwischen dreißig und vierzig Jahre alt, der einen steifen niedrigen Filzhut, einen schwarzen Mantel und karierte Hosen trug und dessen rechte Gesichtshälfte eine Narbe aufwies. Eines Tages vielleicht würde sein eigner Name an allen Mauern Londons angeschlagen, vielleicht auch eine Belohnung auf seinen Kopf ausgesetzt sein.

Dieser Gedanke erfüllte ihn mit Schrecken. Er drehte sich auf dem Absatz herum und eilte weiter in die Nacht.

Wohin er ging, wußte er eigentlich nicht. Es war ihm schwach bewußt, daß er durch ein Labyrinth von schmutzigen Häusern gewandert war, und es war bereits heller Morgen, als er zum Piccadilly

Circus kam. Auf dem Wege nach dem Belgrave Square begegneten ihm die großen Marktwagen, die in Richtung Covent Garden fuhren. Die weißberockten Fuhrleute mit sonnverbrannten Gesichtern und wildem Kraushaar gingen festen Schritts neben den Wagen, knallten mit den Peitschen und riefen sich hin und wieder etwas zu. Auf dem Rücken eines großen grauen Pferdes, dem Leitpferd eines rasselnden Gespanns, saß ein pausbakkiger Knabe, in seinem verbeulten Hut einen Strauß Schlüsselblumen, hielt sich mit seinen kleinen Händen an der Mähne des Pferdes fest und lachte. Und das aufgetürmte Gemüse war gegen den Morgenhimmel wie eine große Menge von Jade, wie eine große Menge grüner Jade gegen die roten Blütenblätter herrlicher Rosen. Lord Arthur war seltsam berührt, er wußte nicht warum. Es lag etwas in der zarten Lieblichkeit des anbrechenden Morgens, das ihm unaussprechlich ergreifend schien, und er dachte an alle die Tage, die in Schönheit anbrechen und stürmisch sich in die Nacht neigen. Auch diese Bauern mit ihren rauhen fröhlichen Stimmen und ihrer Unbekümmertheit – was für ein seltsames London sie sahen! Ein London frei von der Sünde der Nacht und dem Rauch des Tages, eine bleiche, geisterhafte Stadt, eine trostlose Stadt der Gräber. Er fragte sich, was sie wohl dachten von dieser Stadt und ob sie etwas von ihrem Glanz und ihrer Schande wußten, von ihren wilden, feuerfarbenen Freuden und ihrem Hunger, von allem, was sie erzeugte und zerstörte vom Morgen bis zum Abend. Ihnen war sie wohl nur der

Markt, wohin sie ihre Früchte zum Verkauf brachten und wo sie höchstens einige Stunden verweilten. Und sie verließen die Stadt, da die Straßen noch schwiegen und die Häuser in tiefem Schlaf lagen. Es bereitete ihm Vergnügen, sie zu beobachten, wie sie an ihm vorüberkamen. Derb, wie sie wirkten mit ihren schweren genagelten Schuhen und ihrem schwerfälligen Gang, brachten sie etwas von Arkadien mit. Ihm wurde klar, daß sie mit der Natur gelebt und daß die Natur sie die Ruhe gelehrt hatte. Er beneidete sie alle um ihre Unwissenheit.
Als er Belgrave Square erreicht hatte, wurde der Himmel schon leicht blau, und die Vögel in den Gärten fingen zu singen an.

3

Als Lord Arthur aufwachte, war es zwölf Uhr, und der Mittagssonne Licht strömte durch die elfenbeinfarbenen Seidenvorhänge seines Zimmers. Er stand auf und schaute aus dem Fenster. Der leichte Dunst des heißen Tages hing über der großen Stadt, und die Dächer der Häuser waren wie mattes Silber. Im flimmernden Grün auf dem Platz unten flatterten Kinder wie weiße Schmetterlinge umher, und die Gehwege zum Park waren voll Spaziergänger. Niemals war ihm das Leben lieblicher vorgekommen, niemals das Böse weiter von ihm entfernt.
Dann brachte ihm der Diener eine Tasse Schokolade auf einem Tablett. Nachdem er sie getrunken

hatte, schob er eine schwere Portiere aus pfirsichfarbenem Plüsch beiseite und trat in das Badezimmer. Das Licht fiel sanft von oben herein durch dünne Scheiben von durchsichtigem Onyx, und das Wasser in der Marmorwanne schimmerte wie Mondstein. Er ließ sich hastig hinab, bis das kalte Wasser Hals und Haare benetzte; er tauchte seinen Kopf unter, als wollte er den Makel einer schändenden Erinnerung hinwegspülen. Als er wieder herausstieg, fühlte er sich fast ruhig. Das herrliche körperliche Wohlbefinden, das er im Augenblick empfand, beherrschte ihn, wie es tatsächlich oft der Fall ist mit feinfühligen Naturen; denn die Sinne können wie das Feuer sowohl läutern als auch zerstören.

Nach dem Frühstück legte er sich auf den Diwan nieder und zündete sich eine Zigarette an. Auf dem Kaminsims stand, gerahmt mit zierlichem altem Brokat, eine große Fotografie Sybil Mertons, wie er sie zum erstenmal auf dem Ball Lady Noels gesehen hatte. Der schmale, feingeformte Kopf war leicht zur Seite geneigt, als ob der dünne, rohrschlanke Hals kaum die Bürde von soviel Schönheit tragen könnte; die Lippen, leicht geöffnet, schienen für liebliche Musik geschaffen, und die ganze zarte Reinheit der Jungfräulichkeit lag voll Verwunderung in ihren träumenden Augen. In ihrem weichen anliegenden Kleid aus *Crêpe de Chine* und mit ihrem großen blattförmigen Fächer sah sie aus wie eine jener zierlichen Figuren, wie man sie in den Olivenwäldern von Tanagra findet; auch lag ein Hauch griechischer Grazie in ihrer Haltung. Und doch war sie nicht *petite.* Sie war ganz einfach von vollkommenem Ebenmaß – eine Seltenheit in einer Zeit, da so viele Frauen entweder überlebensgroß oder unbedeutend sind.

Nun, da Lord Arthur ihr Bild anblickte, geriet er in jene erbärmliche Stimmung, welche die Liebe erzeugt. Er glaubte, daß er wie Judas handeln würde, wenn er sie heiratete, solange das Schreckgespenst eines Mordes über ihm schwebte: ein Vergehen, schlimmer, als je ein Borgia es hätte zu ersinnen vermocht. Könnte es denn Glück für sie geben, wenn jeden Augenblick der Ruf ihn erreichen konnte, die entsetzliche Prophezeiung auszuführen, die in seine Hand geschrieben war? Welches Leben müßten sie führen, solange das Schicksal dies unheimliche Los in seinen Waagschalen für ihn bereithielt? Die Heirat mußte hinausgeschoben werden, unter allen Umständen. Er war dazu entschlossen. Obwohl er das Mädchen mit jeder Faser seines Herzens liebte und – wenn sie beisammen waren – die bloße Berührung ihrer Finger jeden Nerv seines Körpers voll Lust erbeben ließ, so erkannte er doch klar, was seine Pflicht war; und war sich auch vollkommen der Tatsache bewußt, daß er kein Recht zum Heiraten hatte, solange er nicht den Mord begangen habe. Nachher konnte er dann mit Sybil Merton vor den Altar treten und sein Leben in ihre Hände legen, ohne fürchten zu müssen, noch etwas Unrechtes zu tun. Nachher konnte er sie dann in seine Arme nehmen mit der Gewißheit, daß sie seinetwegen nie erröten müsse, nie ihren Kopf beugen müsse vor Scham. Aber erst mußte es getan sein; und je eher, desto besser für beide.

Viele Männer in seiner Lage hätten den blumenbestreuten Pfad der Tändelei den steilen Höhen der Pflicht vorgezogen; Lord Arthur aber war zu selbstbewußt, als daß er das Vergnügen über Prinzipien gesetzt hätte. Es war mehr Leidenschaft in seiner Liebe; und Sybil war für ihn das Symbol alles Guten und Edlen. Für einen Augenblick verspürte er ganz natürlichen Widerwillen gegen das, was ihm zu tun auferlegt war; doch dies ging rasch vorüber. Sein Herz sagte ihm, daß es keineswegs eine Sünde sei, sondern ein Opfer; sein Verstand sagte ihm, daß es keinen andern Weg gebe. Er hatte zu wählen, ob er für sich allein oder für andere leben wollte, und so fürchterlich die Aufgabe zweifellos war, die ihm auferlegt, so wußte er doch, daß er nicht dulden durfte, seinen Egoismus über die Liebe triumphieren zu lassen. Früher oder später müssen wir alle unsere Entscheidung darüber treffen – an uns alle ist dieselbe Frage gerichtet. Lord Arthur geschah es früh im Leben – noch bevor sein Wesen von dem berechnenden Zynismus des mittleren Alters verdorben, sein Herz vom seichten, modischen Egoismus unserer Zeit angefressen war. Und er wollte sich nicht der Ausführung seiner Aufgabe entziehen. Glücklicherweise war er auch kein bloßer Träumer oder müßiger Dilettant. Wäre er's gewesen, so hätte er gezögert wie Hamlet, und die Unschlüssigkeit hätte seinen Vorsatz vereitelt. Aber er war im wesentlichen praktisch. Leben bedeutete ihm Tätigkeit, weit eher als Denken. Er

besaß das Seltenste auf Erden: gesunden Menschenverstand.
Die wilden, verworrenen Gefühle der vorhergegangenen Nacht waren nun verflogen, und beinahe mit einem Gefühl der Scham blickte er zurück auf sein verrücktes Umherwandern von Straße zu Straße, auf seine heftigen Gemütserregungen. Gerade daß die Qualen durchlitten waren, schien sie ihm nun unwirklich zu machen. Er war darüber erstaunt, daß er so albern sein konnte, sich wegen etwas Unvermeidlichem so irrsinnig zu benehmen. Die einzige Frage, die ihm Kopfzerbrechen machte, war, daß er nicht wußte, wen er wegzuräumen hatte; denn er war keineswegs blind der Tatsache gegenüber, daß ein Mord, wie die Religionen der Wilden, sowohl ein Opfer wie einen Priester benötigt. Da er kein Genie war, hatte er keine Feinde, und er fühlte deutlich, daß dieser Augenblick nicht die Zeit war, persönlichen Groll oder Haß zu befriedigen, sondern daß seine Aufgabe große und ernstliche Feierlichkeit erforderte. So schrieb er denn eine Liste seiner Freunde und Verwandten auf ein Blatt Papier, und nach langer Überlegung entschied er sich für Lady Clementina Beauchamp, eine liebe alte Frau, die in Curzon Street wohnte und seine Kusine zweiten Grades mütterlicherseits war. Er hatte Lady Clem, wie sie allgemein genannt wurde, immer sehr gern gemocht, und da er seinerseits sehr reich war – er hatte alles Eigentum Lord Rugbys geerbt, als er volljährig wurde –, so blieb die Möglichkeit nicht bestehen, daß er gemeinen materiellen Vorteil aus ihrem Tod zöge. Ja, je mehr

er darüber nachdachte, desto mehr schien sie ihm die einzige richtige Person zu sein, und weil er glaubte, jeder Aufschub wäre eine Ungerechtigkeit gegen Sybil, so beschloß er, sofort seine Vorbereitungen zu treffen.

Zuerst nun mußte er die Angelegenheit mit dem Chiromanten in Ordnung bringen. Er setzte sich also an seinen kleinen Sheraton-Schreibtisch, der in der Nähe des Fensters stand, schrieb einen Scheck über einhundert Pfund, zahlbar an Mr. Septimus Podgers, steckte die Anweisung in einen Briefumschlag und ließ sie von seinem Diener in die West Moon Street bringen. Dann rief er seinen Stall an, befahl den Wagen und zog sich an, um auszugehen. Bevor er aus dem Zimmer trat, schaute er noch einmal auf Sybil Mertons Fotografie zurück und schwor, daß, komme, was da wolle, er sie niemals wissen lasse, was er für sie tat, sondern das Geheimnis seiner Selbstaufopferung tief in seinem Herzen verborgen halten wolle.

Auf seinem Weg zum Buckingham-Klub ging er in ein Blumengeschäft und schickte Sybil einen wundervollen Korb Narzissen, entzückend mit ihren weißen Blütenblättern und dem starren Fasanenauge in der Mitte. Sobald er im Klub ankam, ging er in die Bibliothek, läutete die Glocke und befahl dem Bediener, ihm eine Zitronenlimonade zu bringen und ein Buch über Giftkunde. Er war vollkommen überzeugt, daß mit Gift zu arbeiten das Beste für sein ärgerliches Geschäft sei. Persönliche Gewaltanwendung oder dergleichen war ihm äußerst zuwider, und daneben war ihm sehr daran gelegen, in

Lady Windermeres Salon nicht als einer ihrer *Löwen* figurieren oder seinen Namen in den Spalten vulgärer Skandalzeitungen lesen zu müssen. Auch mußte er auf Sybils Vater und Mutter Rücksicht nehmen, die ziemlich altmodische Leute waren und wohl einer Heirat der beiden sich widersetzen konnten, falls etwas wie ein Skandal aus seinem Tun entspringen würde, obgleich er auch wieder gewiß war, daß die beiden, wenn er ihnen den ganzen Sachverhalt mitteilte, die ersten sein würden, die Motive zu seiner Tat anzuerkennen. Jedenfalls hatte er allen Grund, sich für Gift zu entscheiden. Es war ungefährlich für ihn, zuverlässig und geräuschlos und hatte keine peinlichen Szenen im Gefolge, die er, wie die meisten Engländer, zutiefst verabscheute.
Von der Giftkunde allerdings hatte er nicht die blasseste Ahnung, und als der Bediener in der Bibliothek des Klubs nichts anderes finden wollte als *Ruff's Guide* und *Bailey's Magazine*, suchte er selbst in den Bücherregalen nach und stieß schließlich auf eine ansehnlich gebundene Ausgabe der *Pharmacopaeia* und ein Exemplar von Erskines *Toxikologie*, herausgegeben von Sir Mathew Reid, Präsident der Königlichen Physikalischen Gesellschaft und eines der ältesten Mitglieder des Buckingham, in den er irrtümlicherweise an eines andern Stelle gewählt worden war: ein *contretemps*, der das Komitee so sehr in Wut brachte, daß, als der Richtige auftauchte, es ihn einstimmig durchfallen ließ. Lord Arthur wurde durch die Fachausdrücke in beiden Büchern ziemlich verwirrt und fing be-

reits an, Reue darüber zu empfinden, daß er in Oxford den alten Sprachen nicht mehr Aufmerksamkeit geschenkt hatte, als er im zweiten Band von Erskines Giftkunde eine sehr interessante und vollständige Abhandlung über die Eigenschaften des Akonits fand, die in einem einigermaßen verständlichen Englisch geschrieben war. Das war genau das Gift, das er suchte; so schien es ihm. Es wirkte schnell – ja beinah augenblicklich –, war vollkommen schmerzlos und schmeckte, genossen in einer Gelatinekapsel, wie Sir Mathew es empfahl, keineswegs unangenehm. So machte er sich denn eine Notiz auf seine Hemdmanschette, wie stark die tödliche Dosis sein müsse, stellte dann die Bücher an ihren Platz im Regal zurück, verließ den Klub und schlenderte in die St. James Street zu Pestle & Humbey, den bekannten Apothekern. Mr. Pestle, der immer persönlich die Aristokratie bediente, war über den Wunsch Lord Arthurs einigermaßen überrascht und murmelte, zwar auf sehr ehrerbietige Weise, etwas von einem notwendigen Rezept eines Arztes. Sobald jedoch Lord Arthur erklärte, daß er das Gift für einen großen norwegischen Kettenhund brauche, den er töten müsse, weil er Anzeichen der Tollwut zeige und den Kutscher bereits zweimal in die Wade gebissen habe, gab er sich vollkommen zufrieden, machte Lord Arthur Komplimente über seine hervorragenden Kenntnisse in der Giftkunde und stellte das Gewünschte sofort her.

Lord Arthur legte die Kapsel in eine hübsche kleine silberne Bonbonniere, die er in Bond Street in einer

Auslage gesehen hatte, warf Pestles & Humbeys häßliche Pillenschachtel weg und begab sich sofort zu Lady Clementina.

«Na, *monsieur le mauvais sujet*», rief die alte Lady, als er das Zimmer betrat, «warum hast du dich die ganze Zeit nicht sehen lassen?»

«Meine liebe Lady Clem, ich habe keinen Augenblick mehr für mich allein», sagte Lord Arthur lächelnd.

«Vermutlich meinst du damit, daß du den ganzen Tag mit Miß Sybil Merton herumzigeunerst, *chiffons* kaufst und Unsinn redest? Ich kann's nicht verstehen, warum die Leute soviel Geschrei wegen einer Heirat machen. Zu meiner Zeit hätte man sich's nicht im Traum einfallen lassen, öffentlich zu poussieren oder auch nur heimlich.»

«Ich versichere Ihnen, Lady Clem, ich habe Sybil nicht seit vierundzwanzig Stunden gesehen. Soviel ich weiß, gehört sie zur Zeit ganz den Putzmacherinnen.»

«Natürlich; und das ist der einzige Grund, warum du zu mir häßlichem altem Weib kommst. Ihr Männer laßt euch aber auch nicht warnen. *On a fait des folies pour moi*, und da bin ich nun, eine arme rheumatische Kreatur,. mit falschen Haaren und schlechter Laune. Hätte ich nicht die schlimmsten französischen Romane, die Lady Jansen aufstöbert, zu lesen, ich wüßte nicht, was ich mit meiner Zeit tun sollte. Die Ärzte taugen von vornherein nichts, es sei denn, wenn sie einem ihre Honorare abnehmen. Sie können nicht einmal mein Sodbrennen kurieren.»

«Ich habe Ihnen dafür eine Medizin mitgebracht, Lady Clem», sagte Lord Arthur ernst. «Eine ausgezeichnete Medizin, von einem Amerikaner erfunden.»

«Ich fürchte, ich liebe amerikanische Erfindungen nicht allzusehr, Arthur. Gewiß nicht. Ich habe kürzlich einige amerikanische Romane gelesen, und die waren der reinste Unsinn.»

«Oh, aber dieses Mittel hat durchaus einen Sinn, Lady Clem! Ich versichere Ihnen, daß es äußerst wirksam ist. Sie müssen mir versprechen, es einzunehmen.» Und Lord Arthur zog die kleine Schachtel aus seiner Rocktasche und gab sie ihr.

«Ah; die Schachtel ist hübsch, Arthur. Ist es wirklich ein Geschenk? Nett von dir. Und ist das die Wundermedizin? Schaut aus wie ein Bonbon. Ich werde sie gleich nehmen.»

«Nicht doch, Lady Clem!» rief Lord Arthur und griff nach ihrer Hand. «Das dürfen Sie nicht tun. Es ist ein homöopathisches Mittel, und wenn Sie es nehmen, ohne Sodbrennen zu verspüren, könnte es Ihnen nur furchtbar schaden. Warten Sie, bis Sie wieder einen Anfall von Sodbrennen haben, und dann nehmen Sie es. Sie werden erstaunt sein über den Erfolg.»

«Eigentlich möchte ich's gleich einnehmen», sagte Lady Clementina und hielt die durchsichtige Kapsel mit dem flüssigen Akonit gegen das Licht. «Es schmeckt sicherlich ausgezeichnet. Und tatsächlich nehme ich gern Medizin ein, obwohl ich die Herren Doktoren hasse. Ich will es jedoch aufheben bis zum nächsten Anfall.»

«Und wann wird das sein?» fragte Lord Arthur neugierig. «Schon bald?»
«Ich hoffe nicht in den nächsten acht Tagen. Gestern früh ging es mir ziemlich schlecht. Aber man weiß ja nie.»
«Sie glauben also, daß Sie ganz bestimmt noch vor Ende des Monats einen Anfall haben werden, Lady Clem?»
«Leider ja. Aber wie mitfühlend du heute bist, Arthur. Wirklich, Sybil hat guten Einfluß auf dich. Und nun mußt du gehen, denn ich muß heute noch mit langweiligen Menschen essen, die keinen Klatsch wissen, und wenn ich da nicht jetzt mein Schläfchen mache, kann ich wohl nicht umhin, während des Essens einzuschlafen. Wiedersehen, Arthur; grüße Sybil von mir, und herzlichen Dank für die amerikanische Medizin.»
«Sie werden es nicht vergessen, Lady Clem, die Medizin zu nehmen, nicht wahr?» sagte Lord Arthur und stand von seinem Platz auf.
«Natürlich nicht, dummer Junge. Ich finde es sehr nett von dir, an mich zu denken, und ich werde dir schreiben, wenn ich mehr davon brauche.»
Lord Arthur verließ das Haus in bester Laune und mit dem Gefühl ungeheuerlicher Erleichterung.
An diesem Abend sprach er lange mit Sybil Merton. Er sagte ihr, daß er sich plötzlich in schreckliche Schwierigkeiten verstrickt sehe, vor denen zu kapitulieren ihm weder Ehre noch Pflicht erlaubten. Er erklärte, daß die beschlossene Heirat vorläufig verschoben werden müsse, bis er seinen furchtbaren Verpflichtungen Genüge geleistet habe, da er

bis dahin ja kein freier Mann sei, und flehte sie an, ihm zu vertrauen und wegen der Zukunft keine Zweifel zu hegen. Alles würde in die richtige Ordnung kommen, aber sie müsse ein wenig Geduld haben.

Das Gespräch fand in Mr. Mertons Wintergarten, Park Lane, statt, wo Lord Arthur wie gewöhnlich zum Essen geblieben war. Sybil war ihm noch nie so glücklich vorgekommen, und für einen Augenblick hatte sich Lord Arthur versucht gefühlt, feige zu sein und an Lady Clementina um die Kapsel zu schreiben und die Heirat dennoch zu vollziehen, als ob die Person des Mr. Podgers nicht existierte. Sein besseres Ich jedoch gewann bald wieder die Oberhand, und selbst als Sybil sich weinend in seine Arme warf, gab er nicht nach. Ihre Schönheit, die seine Sinne erregte, hatte ebenso an sein Gewissen gerührt. Er glaubte, daß es nicht gerecht sei, ein so schönes Leben um des Vergnügens einiger Monate willen zu zerstören.

Er blieb bis annähernd Mitternacht mit Sybil zusammen, tröstete sie und wurde von ihr getröstet, und früh am nächsten Morgen reiste er nach Venedig ab, nachdem er noch einen männlichen, entschlossenen Brief an Mr. Merton geschrieben hatte, in dem er ihm den notwendig gewordenen Aufschub der Heirat mitteilte.

4

In Venedig traf er seinen Bruder, Lord Surbiton, der gerade mit seiner Jacht von Korfu gekommen war. Die beiden jungen Männer verlebten herrliche vierzehn Tage zusammen. Morgens ritten sie auf dem Lido, oder sie ließen sich in ihrer langen schwarzen Gondel den grünen Kanal hinauf- und hinunterrudern. Nachmittags hatten sie meist Gesellschaft auf der Jacht, und abends speisten sie bei Florian und rauchten ungezählte Zigaretten auf der Piazza. Und doch war Lord Arthur irgendwie unglücklich. Jeden Tag studierte er die Rubrik der Sterbefälle in der *Times*, in der Hoffnung, die Notiz von Lady Clementinas Hinscheiden zu finden; aber jeden Tag war er von neuem enttäuscht. Allmählich fürchtete er, daß irgendein Unfall ihr zugestoßen sei, und bereute oft, daß er sie davon abgehalten hatte, die Akonitkapsel zu verschlucken, als sie so gern ihre Wirkung erproben wollte. Auch Sybils Briefe, obgleich voll Liebe und Vertrauen und Zärtlichkeit, klangen oft sehr traurig, und manchmal dachte er schon, für immer von ihr getrennt zu sein.

Nach vierzehn Tagen langweilte sich Lord Surbiton in Venedig, und er beschloß daher, die Küste entlang nach Ravenna zu segeln, da er gehört hatte, daß es dort großartige Gelegenheiten gebe, Wasservögel zu schießen. Lord Arthur lehnte zuerst ab mitzukommen, aber Surbiton, den er sehr liebte, überredete ihn schließlich, da er sich ja zu Tode langweilen würde, wenn er allein bei Danielli wohnen müßte, und so segelten sie am Morgen des 15. bei starkem Nordostwind und ziemlich rauher See ab. Die Jagd war tatsächlich großartig, und das Leben in der freien Luft färbte wieder Lord Arthurs Wangen; aber am 22. wurde er Lady Clementinas wegen sehr unruhig und fuhr trotz Surbitons Einwendungen mit dem Zug nach Venedig zurück.

Als er aus der Gondel gestiegen war, kam ihm auf den Stufen des Hotels der Hotelbesitzer mit einem Stapel Telegramme entgegen. Lord Arthur nahm sie ihm hastig aus der Hand und riß sie auf. Alles war also nach Wunsch gegangen. Lady Clementina war ganz plötzlich in der Nacht vom 16. zum 17. gestorben.

Sein erster Gedanke galt Sybil, und er schickte ein Telegramm an sie, daß er sogleich nach London zurückkehren werde. Dann gab er seinem Diener Auftrag, seine Sachen noch für den Nachtzug zu packen, schickte seinen Gondolieren das Fünffache dessen, was ihnen an Lohn zustand, und rannte, leichtfüßig und froh im Herzen, hinauf in sein Zimmer. Oben fand er drei Briefe vor. Einer war von Sybil, voller Mitgefühl und Beileidsbezeigungen; die anderen kamen von seiner Mutter und von Lady Clementinas Anwalt. Anscheinend hatte die alte Lady an jenem Abend mit der Herzogin diniert, jedermann mit ihrem Witz und Esprit aufs beste unterhalten, war aber dann etwas früh nach Hause gegangen, da sie wieder ihr Sodbrennen plagte. Am anderen Morgen hatte man sie dann tot im Bett gefunden; offenbar war sie ohne große Schmerzen gestorben. Man hatte zwar auch sofort nach Ma-

thew Reid geschickt, aber natürlich war da nichts mehr zu wollen, und so sollte sie eben am 22. in Beauchamp Chalcote begraben werden. Wenige Tage vor ihrem Tod noch hatte sie ihr Testament aufgesetzt und Lord Arthur ihr kleines Haus in Curzon Street mit der ganzen Einrichtung, all ihrer beweglichen Habe und ihren Bildern hinterlassen, ausgenommen nur die Miniaturensammlung, die ihre Schwester, Lady Margaret Rufford, und ihr Amethystkollier, das Sybil Merton erhalten sollte. Der Besitz war nicht von großem Wert; aber Mr. Mansfield, der Anwalt, drängte sehr, daß Lord Arthur zurückkehren sollte, wenn möglich sofort, da eine ziemlich große Anzahl Rechnungen nicht beglichen waren und Lady Clementina in Geldangelegenheiten nicht peinlich genau gewesen war.
Lord Arthur war sehr gerührt, daß Lady Clementina sich seiner so gütig erinnert hatte; auch kam es ihm so vor, als ob Mr. Podgers dafür Rede stehen müßte. Seine Liebe zu Sybil jedoch beherrschte alle anderen Gefühle, und das Bewußtsein, seine Pflicht getan zu haben, gab ihm Ruhe und Trost. Als er dann in Charing Cross ankam, war er vollkommen glücklich.
Die Mertons empfingen ihn sehr liebenswürdig. Sybil nahm ihm das Versprechen ab, daß nichts mehr zwischen sie treten sollte, und die Heirat ward daraufhin auf den 7. Juni festgesetzt. Das Leben schien aufs neue freundlich und schön zu sein, und Lord Arthur gewann seine alte Fröhlichkeit wieder zurück.
Eines Tages jedoch, als er zusammen mit Lady

Clementinas Anwalt und Sybil das Haus in der Curzon Street durchstöberte, Packen verblaßter Briefe verbrannte und Schubladen voll unmöglicher Dinge ausleerte, rief das Mädchen plötzlich freudig überrascht auf.
«Hast du denn etwas gefunden, Sybil?» fragte Lord Arthur, blickte von seiner Arbeit auf und lächelte.
«Diese hübsche kleine silberne Bonbonniere, Arthur. Ist sie nicht reizend, wohl holländische Arbeit? Oh, gib sie mir! Die Amethyste werden mir sowieso nicht vorm achtzigsten Lebensjahr stehen.»
Es war die kleine Büchse, in dem das Akonit sich befunden hatte.
Lord Arthur erschrak, und eine leichte Röte überzog seine Wangen. Er hatte fast völlig vergessen, was er getan hatte, und es schien ihm ein seltsames Zusammentreffen, daß ausgerechnet Sybil, für die er die ganze schreckliche Angst ausgestanden hatte, es sein sollte, die ihn als erste daran erinnerte.
«Natürlich kannst du sie haben, Sybil. Ich selbst habe sie Lady Clementina gegeben.»
«O danke, Arthur; und darf ich das Bonbon auch behalten? Ich hatte nicht die leiseste Idee, daß Lady Clementina Süßigkeiten gern mochte. Ich hatte immer gedacht, daß sie dazu viel zu intellektuell sei.»
Lord Arthur wurde totenblaß, und ein schrecklicher Gedanke fuhr ihm durch den Kopf.
«Bonbon, Sybil? Was meinst du damit?» sagte er langsam und mit heiserer Stimme.

«Es ist eins darin, nur eins. Es schaut ziemlich alt aus und staubig, und ich habe keineswegs die Absicht, es zu essen. Was ist denn los, Arthur? Wie bleich du plötzlich bist!»
Lord Arthur stürzte quer durchs Zimmer und ergriff die Büchse. Innen lag die bernsteinfarbene Kapsel mit der Giftflüssigkeit. Lady Clementina war also eines natürlichen Todes gestorben!
Der Schock dieser Entdeckung war fast zu heftig für ihn. Er warf die Kapsel ins Feuer und sank mit einem Schrei der Verzweiflung aufs Sofa.

5

Mr. Merton war ziemlich unglücklich darüber, daß die Heirat ein zweites Mal verschoben werden sollte, und Lady Julia, die schon ihr Kleid für die Hochzeit bestellt hatte, tat alles, was in ihrer Macht stand, um Sybil dazu zu bewegen, diese Verbindung abzubrechen. Sosehr aber auch Sybil ihre Mutter liebte, sie hatte nun einmal ihr Leben in Lord Arthurs Hände gegeben, und nichts, was Lady Julia vorbrachte, konnte sie in ihrem Vertrauen schwankend machen. Und was Lord Arthur betraf, er brauchte Tage, um seine schreckliche Enttäuschung zu überwinden, und für lange Zeit war er wie gelähmt. Sein exzellenter gesunder Verstand jedoch gewann bald wieder die Oberhand; sein fester, praktischer Verstand ließ ihn nicht lange im Zweifel darüber, was er zu tun habe. Gift hatte sich als vollkommener Fehlschlag erwie-

sen; Dynamit also oder sonst ein explosiver Stoff war das Richtige, um damit den nächsten Versuch anzustellen.
Demzufolge schaute er also wieder die Liste seiner Freunde und Verwandten durch, und nach sorgfältigen Überlegungen beschloß er, seinen Onkel, den Dean von Chichester, in die Luft zu sprengen. Der Dean, der ein Mann von großer Bildung und Wissenschaft war, hatte Uhren für sein Leben gern und deshalb eine Sammlung von Uhren, die vom fünfzehnten Jahrhundert bis zum heutigen Tage reichte. Lord Arthur nun schien es, daß gerade dieses Steckenpferd des guten Dean die großartige Gelegenheit geben könnte, sein Vorhaben auszuführen. Freilich, diese Höllenuhr zu bekommen, war die schwierigere Angelegenheit. Das Londoner Adreßbuch gab ihm keine Auskunft darüber, und er meinte, daß es kaum von Nutzen sein würde, Scotland Yard um Auskunft anzugehen, da die ja nie etwas über die Vorhaben der Dynamitfaktion zu wissen schienen, bevor nicht eine Explosion stattgefunden hatte, und selbst dann nicht viel.
Plötzlich dachte er an seinen Freund Rouvaloff, einen jungen Russen mit starken revolutionären Neigungen, den er im Winter im Salon der Lady Windermere getroffen hatte. Graf Rouvaloff sollte angeblich eine Biographie Peters des Großen schreiben und nach England gekommen sein, um jene Dokumente durchzusehen, die auf den Aufenthalt dieses Zaren als Schiffszimmermann in diesem Lande anspielen; aber allgemein hatte man ihn im Verdacht, daß er Agent der Nihilistengruppe sei,

und es bestand kein Zweifel darüber, daß die russische Gesandtschaft nicht besonders entzückt über seine Anwesenheit in London war. Lord Arthur nun dachte, daß dies gerade der Mann war, den er suchte, und so fuhr er eines Morgens zu dessen Wohnung in Bloomsbury, ihn um Rat und Beihilfe zu bitten.

«So, Sie wollen sich also ernsthaft mit Politik befassen?» sagte Graf Rouvaloff, nachdem ihm Lord Arthur erzählt hatte, warum er ihn aufgesucht habe. Aber Lord Arthur, der es haßte, sich groß aufzuspielen, fühlte sich verpflichtet, ihm einzugestehen, daß er nicht das geringste Interesse an sozialen Fragen habe und die Höllenmaschine nur für eine reine Familienangelegenheit benötige, die niemanden anders als ihn etwas angehe.

Graf Rouvaloff schaute ihn für einige Augenblicke erstaunt an, sah aber dann, daß es Lord Arthur damit ernst war, schrieb eine Adresse auf ein Stück Papier, unterschrieb mit seinen Anfangsbuchstaben und reichte es ihm über den Tisch hin.

«Scotland Yard würde alles darum geben, diese Adresse zu bekommen, lieber Freund.»

«Sie sollen sie nicht bekommen», rief Lord Arthur lachend, schüttelte dem jungen Russen herzlich die Hand, lief auf die Straße hinab, las die Adresse auf dem Stück Papier und befahl dem Kutscher, nach dem Soho Square zu fahren.

Dort entließ er den Kutscher und schlenderte Greek Street hinab, bis er zu einem Platz namens Bayle's Court kam. Er schritt durch einen Torbogen und befand sich darauf in einer sonderbaren Sackgasse, die von einer französischen Wäscherei benützt zu werden schien, da ein richtiges Netz von Wäscheleinen von Haus zu Haus gespannt war und weißes Linnen im Morgenwind hin und her flatterte. Er schritt bis zum Ende der Sackgasse und klopfte an die Tür eines kleinen grünen Hauses. Nach einigem Warten, währenddessen an jedem Fenster eine Menge neugierige Gesichter erschienen, wurde die Tür von einem ziemlich derben Ausländer geöffnet, der ihn in schlechtem Englisch fragte, was er wolle. Lord Arthur händigte ihm das Stück Papier ein, das ihm Graf Rouvaloff gegeben hatte. Als der Mann es sah, verbeugte er sich und bat Lord Arthur in ein äußerst schäbiges Empfangszimmer zu ebener Erde. Wenige Augenblicke später trat Herr Winckelkopf, wie er in England genannt wurde, geräuschvoll in das Zimmer, eine weinbefleckte Serviette um den Hals und eine Gabel in seiner Linken.

«Graf Rouvaloff hat mir eine Empfehlung an Sie gegeben», sagte Lord Arthur und verneigte sich, «und ich bitte Sie, mir ein kurzes Interview über eine geschäftliche Angelegenheit zu gewähren. Mein Name ist Smith, Mr. Robert Smith, und ich bitte Sie, mir mit einer Höllenuhr auszuhelfen.»

«Es freut mich, Sie zu treffen, Lord Arthur», sagte der heitere kleine Deutsche lachend. «Oh, bitte, erschrecken Sie nicht; es ist gewissermaßen meine Pflicht, jedermann zu kennen, und ich erinnere mich, Sie an einem Abend in Lady Windermeres Salon gesehen zu haben. Ich hoffe, daß die Lady gesund ist. Würde es Ihnen etwas ausmachen, mir beim Frühstück Gesellschaft zu leisten? Ich habe eine ausgezeichnete Pastete, und meine Freunde behaupten liebenswürdigerweise, daß mein Rheinwein besser sei als jede andere Sorte, die Sie in der deutschen Botschaft bekommen können.» Und noch ehe Lord Arthur seine Überraschung, erkannt worden zu sein, überwunden hatte, saß er im anschließenden Zimmer, trank den herrlichsten Marcobrunner aus einem blaßgelben Römer mit kaiserlichem Monogramm und sprach aufs freundlichste mit dem berühmten Verschwörer.

«Höllenmaschinen», sagte Herr Winckelkopf, «sind nicht die geeignetsten Ausfuhrartikel, da die Bahn sehr unregelmäßig ist, und sie deshalb losgehen, noch bevor sie ihr Ziel erreicht haben. Falls Sie jedoch eine zum häuslichen Gebrauch benötigen, so kann ich Ihnen mit einem hervorragenden Artikel dienen und Ihnen garantieren, daß Sie mit dem Erfolg zufrieden sein werden. Darf ich Sie fragen, für wen das Ding bestimmt ist? Wenn es nämlich für die Polizei ist oder jemand, der mit Scotland Yard in Verbindung steht, so kann ich Ihnen leider nicht helfen. Die englischen Detektive sind nämlich unsere besten Freunde, und ich habe noch immer recht behalten, daß wir, wenn wir uns auf ihre Stupidität verlassen, genau das tun können, was wir wollen. Ich kann keinen von ihnen erübrigen.»

«Ich versichere Ihnen», sagte Lord Arthur, «daß mein Vorhaben nichts mit der Polizei zu tun hat. In Wahrheit, die Höllenuhr ist für den Dean von Chichester bestimmt.»

«Großer Gott! Ich hätte nicht gedacht, daß Sie

solches Interesse für die Religion haben, Lord Arthur. Sehr wenige junge Leute interessiert heutzutage die Religion.»

«Ich glaube, daß Sie mich überschätzen, Herr Winckelkopf», sagte Lord Arthur und wurde rot. «Ich verstehe nämlich tatsächlich nichts von Theologie.»

«Es handelt sich dann also um eine rein private Angelegenheit?»

«Rein privat.»

Herr Winckelkopf zuckte die Schultern, verließ das Zimmer und kam einige Minuten später mit einer Dynamitpatrone, ungefähr so groß wie ein Penny, und einer kleinen, hübschen französischen Uhr zurück, auf der eine vergoldete Figur der Freiheit angebracht war, die die Hydra des Despotismus zertrat.

Lord Arthurs Gesicht hellte sich beim Anblick der Uhr auf. «Gerade das brauche ich», rief er, «und nun sagen Sie mir noch bitte, wie das Ding losgeht.»

«Oh, das ist mein Geheimnis», antwortete Herr Winckelkopf und betrachtete seine Erfindung mit berechtigtem Stolz. «Sagen Sie mir nur, wann sie explodieren soll, und ich werde die Maschinerie auf die Sekunde genau einstellen.»

«Nun, heute ist Dienstag; wenn Sie das Ding sofort absenden könnten ...»

«Ganz unmöglich. Ich habe sehr viel wichtige Arbeit für einige meiner Freunde in Moskau zu erledigen. Doch könnte ich sie morgen abschicken.»

«Gut. Das ist früh genug», sagte Lord Arthur

höflich, «wenn Sie das Ding morgen abend zustellen oder am Donnerstagmorgen. Und die Zeit der Explosion, sagen wir, Freitag mit dem Zwölfuhrschlag. Der Dean ist um diese Zeit immer zu Hause.»

«Freitag mit dem Zwölfuhrschlag», wiederholte Herr Winckelkopf und schrieb eine diesbezügliche Notiz in sein großes Hauptbuch, das auf einem Schreibtisch in der Nähe des Kamins lag.

«Und nun», sagte Lord Arthur und erhob sich, «lassen Sie mich bitte wissen, wieviel ich Ihnen schuldig bin.»

«Eine Kleinigkeit, Lord Arthur, ich will daran nicht verdienen. Das Dynamit kommt auf sieben Schilling und sechs Pence, die Uhr auf drei Pfund zehn Schilling und die Zustellung auf ungefähr fünf Schilling. Es ist mir ein Vergnügen, einem Freund Graf Rouvaloffs gefällig sein zu können.»

«Und für Ihre Mühe, Herr Winckelkopf?»

«Oh, nicht der Rede wert! Es ist mir ein Vergnügen. Ich arbeite nicht für Geld; ich lebe ganz meiner Kunst.»

Lord Arthur legte vier Pfund zwei Schilling und sechs Pence auf den Tisch, dankte dem kleinen Deutschen für seine Liebenswürdigkeit und verließ, nachdem er noch eine Einladung, einige Anarchisten bei einer Teegesellschaft am folgenden Samstag kennenzulernen, erfolgreich abgelehnt hatte, das Haus und ging in den Park.

Für die nächsten zwei Tage war Lord Arthur in dauernder großer Erregung, am Freitag um zwölf Uhr aber fuhr er zum Buckingham, um auf die neuesten Nachrichten zu warten. Den ganzen Nachmittag über schlug der stumpfsinnige Portier Telegramme aus den verschiedensten Teilen des Landes an, Ergebnisse von Pferderennen, Urteile in Ehescheidungsprozessen, Wettervorhersagen und dergleichen, während der Telegraph langweilige Einzelheiten von einer Nachtsitzung des Unterhauses und eine kleine Panik an der Börse meldete. Um vier Uhr trafen die Abendzeitungen ein, und Lord Arthur verschwand mit der *Pall Mall*, der *St. James's*, der *Globe* und dem *Echo* in der Bibliothek, worüber sich Oberst Goodchild sehr ärgerte, weil er einesteils die Urteile der Presse über seine Rede lesen wollte, die er an diesem Morgen im Mansion House über die südafrikanischen Missionen und die Zweckmäßigkeit, schwarze Bischöfe einzusetzen, gehalten hatte, und weil er andernteils wohl aus diesem oder jenem Grund ein Vorurteil gegen die *Evening News* hatte. Keine der Zeitungen jedoch enthielt auch nur den leisesten Hinweis auf Chichester, und Lord Arthur vermutete richtig, daß sein Versuch mißlungen war. Es war für ihn ein furchtbarer Schlag, und für eine ganze Weile war er völlig niedergeschlagen. Herr Winckelkopf, den er am nächsten Tag besuchte, brachte die sorgfältigsten Entschuldigungen vor und erbot sich, ihm eine andere Uhr ohne Bezahlung zu liefern oder einen Behälter mit Nitroglyzerinbomben zum Selbstkostenpreis. Aber Lord Arthur hatte allen Glauben an Sprengstoff verloren, und selbst Herr Winckelkopf anerkannte, daß heutzutage alles so verfälscht würde, daß man nicht einmal mehr Dynamit in reiner Form erhalten könne. Der kleine Deutsche jedoch war, obwohl er zugab, daß etwas an der Maschinerie falsch gemacht worden sei, nicht ohne Hoffnung, daß die Höllenmaschine trotzdem noch losgehen würde, und nannte als Beispiel den Fall mit dem Barometer, das an den Militärgouverneur in Odessa gesandt worden sei, und obwohl es innerhalb zehn Tagen hätte explodieren sollen, dies erst nach ungefähr drei Monaten getan habe. Es sei allerdings auch wahr, daß es, als es schließlich explodierte, nur ein Hausmädchen in Stücke riß, weil der Gouverneur schon sechs Wochen vorher die Stadt verlassen hatte; aber zumindest zeige dies, daß Dynamit, wenn unter der Kontrolle einer Maschinerie, als zerstörende Kraft ein gewaltiger, wenn auch etwas unpünktlicher Geselle sei. Lord Arthur fand etwas Trost bei diesen Reflexionen; aber selbst in diesem Fall war ihm Enttäuschung vorherbestimmt; denn zwei Tage später, als er gerade nach oben ging, rief ihn die Herzogin in ihr Boudoir und zeigte ihm einen Brief, den sie eben von der Dechanei erhalten hatte.

«Jane schreibt reizende Briefe», sagte die Herzogin. «Ihren letzten Brief mußt du unbedingt lesen. Er ist genau so gut wie die Romane, die Mudie uns schickt.»

Lord Arthur nahm ihr den Brief aus der Hand und las wie folgt:

Dechanei Chichester
27. Mai

Meine liebste Tante!
Herzlichen Dank für den Flanell für die Dorcas-Gesellschaft und auch für das Baumwollzeug. Ich bin ganz derselben Meinung, daß es unsinnig ist, wenn sie hübsche Dinge anziehen wollen; aber heutzutage ist jedermann so radikal und irreligiös, daß es schwierig ist, sie davon zu überzeugen, sich nicht wie die oberen Klassen anzuziehen zu versuchen. Ich weiß nimmer, wohin wir noch gelangen werden. Wie Papa so oft in seinen Predigten gesagt hat: Wir leben in einer Zeit des Unglaubens.
Wir hatten großen Spaß an einer Uhr, die ein unbekannter Bewunderer letzten Donnerstag Papa übersandte. Sie kam in einer frankierten hölzernen Schachtel aus London; und Papa meint, daß jemand, der seine bemerkenswerte Predigt «Ist Zügellosigkeit Freiheit?» gelesen habe, sie ihm geschickt haben müsse; denn auf der Uhr ist die Figur einer Frau angebracht, die, wie Papa sagte, die Freiheitsmütze auf dem Kopf hat. Ich selbst finde sie nicht besonders hübsch, aber Papa sagte, es wäre historisch, und so glaube ich, daß wohl alles in Ordnung ist. Parker packte sie aus, und Papa stellte sie auf den Kaminsims in der Bibliothek. Wir alle saßen dort letzten Freitag, als die Uhr zwölf Uhr schlug. Im selben Augenblick hörten wir ein rasselndes Geräusch, eine kleine Rauchwolke kam vom Postament der Figur, die Göttin der Freiheit fiel herunter und brach sich die Nase am Kaminvorsatz! Maria war ziemlich erschrocken, aber es sah

so lächerlich aus, daß James und ich in Gelächter ausbrachen, und selbst Papa hatte seinen Spaß daran. Als wir dann die Uhr näher betrachteten, ergab sich, daß es eine Art Wecker war und daß, wenn man ihn auf eine bestimmte Zeit stellt und etwas Schießpulver und ein Zündhütchen unter einen kleinen Bolzen gibt, er losgeht, wann immer man es will. Papa meinte, daß er nicht in der Bibliothek bleiben sollte, weil er zuviel Krach mache, und so trug ihn Reggie ins Lernzimmer und ließ ihn den ganzen langen Tag explodieren. Glauben Sie, daß Arthur einen solchen Wecker als Hochzeitsgeschenk haben möchte? Ich vermute, daß sie in London Mode sind. Papa meint, daß sie viel Gutes tun könnten, weil sie zeigen, daß die Freiheit nicht von Dauer ist, sondern untergehen muß. Papa meint, daß die Freiheit während der Französischen Revolution erfunden worden sei. Wie schrecklich das ist!

Nun muß ich zu den Dorcas gehen, wo ich Ihren sehr lehrreichen Brief vorlesen werde. Wie wahr, liebste Tante, Ihr Gedanke ist, daß sie in ihrer Lage keine Kleider tragen sollten, die ihnen nicht anstehen! Es ist wirklich absurd, daß sie sich so sehr um Kleider kümmern, wo es doch so viele andere wichtige Dinge gibt auf dieser Welt und in der andern. Ich bin so glücklich, daß Ihre geblümte Popeline so schön ist und Ihre Spitzen nicht zerrissen waren. Ich werde den gelben Seidenstoff, den Sie mir so lieb gegeben haben, bei der Gesellschaft, die unser Bischof am Mittwoch gibt, tragen, und ich glaube, daß das Kleid recht ordentlich werden wird. Würden Sie Schleifen annähen oder nicht? Jennings meint, daß man allgemein jetzt Schleifen habe und daß der Unterrock plissiert sein soll. Reggie hat gerade wieder den Wecker explodieren lassen, und Papa befahl, daß der Wecker in den Stall gebracht werden soll. Ich glaube nicht, daß Papa der Wecker noch so gut gefällt wie anfangs, obgleich es ihm schmeichelt, daß man ihm solch ein hübsches, sinnreiches Spielzeug geschickt hat. Es zeigt jedenfalls, daß die Leute seine Predigten lesen und von ihnen profitieren.

Papa schickt die besten Grüße und ebenso James, Reggie und Maria, und ich hoffe, daß es Onkel Cecil mit seiner Gicht besser geht, und bleibe, liebste Tante, Ihre Sie innigst liebende

Jane Percy.

PS. Bitte schreiben Sie mir wegen der Schleifen. Jennings besteht darauf, daß sie Mode sind.

Lord Arthur wurde so ernst und war so unglücklich über den Brief, daß die Herzogin in Lachen ausbrach.

«Mein lieber Arthur», rief sie, «ich werde dich nie wieder den Brief einer jungen Dame lesen lassen! Und was soll ich zu dem Wecker sagen? Ich halte ihn jedenfalls für eine großartige Erfindung und hätte gern selbst einen.»

«Ich halte nicht viel davon», sagte Lord Arthur mit traurigem Lächeln, küßte seine Mutter und verließ das Zimmer.

Als er dann oben war, warf er sich auf ein Sofa, und seine Augen füllten sich mit Tränen. Er hatte sein

Bestes getan, den Mord auszuführen, aber beide Male war es mißlungen, und keineswegs durch seine Schuld. Er hatte versucht, seine Pflicht zu tun; aber das Schicksal selbst schien zum Verräter geworden zu sein. Ihn bedrückte die Nutzlosigkeit guter Absichten, das Vergebliche des guten Willens. Vielleicht war es überhaupt besser, die Heirat aufzugeben. Sybil würde darunter leiden, das war wahr, aber Leiden konnte einer so edlen Natur wie der ihren nichts anhaben. Er selbst? Was machte das schon. Es gibt immer Kriege, in denen ein Mann getötet werden, immer irgendeine Sache, für die ein Mann sein Leben aufopfern kann, und da das Leben für ihn trostlos geworden war, hatte der Tod keine Schrecken. Laß das Schicksal sein Urteil fällen! Er würde keinen Finger mehr rühren.

Um halb acht Uhr zog er sich an und ging in den Klub. Surbiton war dort mit einer Gesellschaft junger Männer, und er mußte mit ihnen speisen. Ihre trivialen Gespräche und seichten Witze interessierten ihn nicht, und sobald der Kaffee serviert war, erfand er eine Verabredung, um loszukommen, und verließ sie.

Als er gerade vom Klub weggehen wollte, händigte ihm der Portier einen Brief ein. Er war von Herrn Winckelkopf geschrieben, der ihn bat, doch am nächsten Abend vorbeizuschauen und seinen explosiven Regenschirm zu besichtigen, der sofort losgehe, wenn er geöffnet werde. Es sei die allerneueste Erfindung und gerade aus Genf gekommen. Lord Arthur zerriß den Brief zu Fetzen. Er war fest entschlossen, keinen neuen Versuch mehr anzustellen. Dann ging er ans Themseufer hinab und saß einige Stunden am Fluß. Der Mond blickte durch eine Mähne goldbrauner Wolken, als wäre er eines Löwen Auge, und unzählige Sterne waren ins hohe Gewölbe verstreut wie Goldstaub in einer purpurnen Kuppel. Dann und wann schwamm ein Kahn in die trüben Wasser des Stroms hinaus und mit der Ebbe fort, und die Signale der Eisenbahn wechselten von Grün zu Rot, wenn Züge über die Brücke donnerten. Nach einiger Zeit schlug es zwölf Uhr vom hohen Turm von Westminster, und mit jedem Schlag der volltönenden Glocke schien die Nacht zu erzittern. Dann gingen die Schienenlichter aus, nur eine einsame Lampe glühte wie ein großer Rubin an einem Riesenmast, und das Gelärm der Stadt wurde leiser.

Um zwei Uhr stand er auf und schlenderte nach Blackfriars. Wie unwirklich alles schien! Wie ein seltsamer Traum! Die Häuser auf dem anderen Ufer des Flusses schienen aus Finsternis gebaut zu sein. Man hätte sagen mögen, Silber und Schatten haben die Welt neu gebildet. Die riesige Kuppel von St. Paul ragte undeutlich in die Nachtluft wie eine Blase.

Als er Cleopatra's Needle sich näherte, sah er einen Mann sich über die Brüstung lehnen. Bei seinem Näherkommen schaute der Mann auf; das Gaslicht fiel voll auf sein Gesicht.

Es war Mr. Podgers, der Chiromant! Niemand hätte das fette und schlaffe Gesicht mit den goldgerahmten Augengläsern, dem ekligen Lächeln und dem sinnlichen Mund verwechseln können.

Lord Arthur blieb stehen. Ein glänzender Einfall fuhr ihm durch den Kopf, und er stahl sich leise hinter Mr. Podgers. Einen Augenblick später hatte er ihn bei den Beinen gepackt und in die Themse geworfen. Ein derber Fluch, ein schwerer Aufprall, und alles war wieder still. Neugierig schaute Lord Arthur nach unten; er konnte aber von dem Chiromanten nichts mehr sehen als den hohen Hut, der sich in einem mondbeleuchteten Wirbel des Wassers drehte. Augenblicke später versank auch der Hut, und keine Spur von Mr. Podgers war mehr zu erkennen. Einmal glaubte er für Augenblicke, die dicke Mißgestalt der Treppe bei der Brücke zustreben zu sehen, und das fürchterliche Gefühl des abermaligen Fehlschlags beschlich ihn wieder; aber es stellte sich heraus, daß es nur eine Spiegelung war, die sofort aufhörte, als der Mond hinter einer Wolke hervorkam. Endlich also hatte er dem Ratschluß des Schicksals Genüge geleistet. Ein tiefer Seufzer der Erleichterung drang aus seiner Brust, und der Name Sybils kam auf seine Lippen.

«Haben Sie etwas verloren, Sir?» sagte plötzlich eine Stimme hinter ihm.

Lord Arthur drehte sich um und sah einen Polizisten, eine Blendlaterne in der Hand.

«Nichts von Bedeutung, Sergeant», antwortete er lächelnd, rief eine vorbeifahrende Kutsche heran, sprang hinein und befahl dem Kutscher, zum Belgrave Square zu fahren.

Während der nächsten Tage schwankte er zwischen Hoffnung und Furcht. Es gab da Augenblicke, da er

beinah darauf wartete, Mr. Podgers in sein Zimmer treten zu sehen, und manchmal hoffte er, daß schließlich das Schicksal doch nicht so ungerecht sein könnte. Zweimal ging er zu des Chiromanten Wohnung in West Moon Street, doch konnte er nicht so viel Mut aufbringen, daß er die Glocke gezogen hätte. Er sehnte sich nach Gewißheit, und zugleich fürchtete er sich davor.
Endlich bekam er sie. Er saß gerade im Rauchzimmer seines Klubs, hatte Tee vor sich und hörte ziemlich gelangweilt Surbitons Wiedergabe der letzten Couplets im Gaiety-Theater an, als der Bediener mit den Abendzeitungen hereinkam. Er nahm die *St. James's* und blätterte gedankenlos darin, als folgende auffallende Schlagzeile seine Aufmerksamkeit erregte:

SELBSTMORD EINES CHIROMANTEN

Er wurde vor Aufregung blaß und fing zu lesen an. Die Notiz lautete wie folgt:

Gestern morgen gegen sieben Uhr wurde die Leiche Mr. Septimus R. Podgers', des hervorragenden Chiromanten, in Greenwich gerade vor dem Ship-Hotel an Land gespült. Der unglückliche Gentleman war schon seit einigen Tagen vermißt, und in Chiromanten-Kreisen war man seinetwegen in beträchtlicher Besorgnis. Man vermutet, daß er unter dem Einfluß einer zeitweiligen geistigen Störung, durch Überarbeitung verursacht, Selbstmord begangen habe, und eine gleichlautende Entscheidung wurde heute nachmittag von der Leichenschaukommission getroffen. Mr. Podgers hat erst kürzlich eine sorgfältig gearbeitete Abhandlung über die menschliche Hand vollendet, die in Bälde veröffentlicht wird, da sie ohne Zweifel große Beachtung finden dürfte. Der Hingeschiedene war fünfundsechzig Jahre alt und scheint keine Verwandten zu haben.

Lord Arthur eilte aus dem Klub, die Zeitung noch immer in der Hand, zur großen Verwunderung des Portiers, der ihn aufhalten wollte, und fuhr sofort nach Park Lane. Sybil sah ihn vom Fenster aus kommen, und irgend etwas sagte ihr, daß er gute Nachricht bringe. Sie lief hinunter und ihm entgegen, und als sie dann sein Gesicht sah, wußte sie, daß nun alles gut war.
«Meine liebe Sybil», rief Lord Arthur, «laß uns morgen heiraten!»
«Dummer Junge! Nicht einmal die Hochzeitstorte ist bestellt!» sagte Sybil und lachte unter Tränen.

6

Als drei Wochen später die Heirat stattfand, war St. Peter voll von eleganten Leuten. Der Gottesdienst wurde sehr eindrucksvoll vom Dean von Chichester zelebriert, und allgemein wurde gesagt, man habe noch nie ein hübscheres Paar als Braut und Bräutigam gesehen. Sie waren aber mehr als nur hübsch – sie waren glücklich. Nicht einen Augenblick bereute Lord Arthur, was er um Sybil willen gelitten, während sie ihrerseits ihm all das Gute gab, was eine Frau ihrem Mann geben kann: Verehrung, Zärtlichkeit und Liebe. Und keineswegs tötete ihnen die Wirklichkeit allen romantischen Zauber. Sie fühlten sich immer jung.

Jahre später, als ihnen schon zwei schöne Kinder geboren waren, kam Lady Windermere sie in Alton Priory besuchen, einem entzückenden alten Schloß, das der Herzog seinem Sohn als Hochzeitsgeschenk vermacht hatte; und eines Nachmittags, als sie mit Lady Arthur unter einem Limonenbaum im Garten saß und dem kleinen Knaben und dem Mädchen zuschaute, wie sie den Rosenweg auf und ab spielten wie launische Sonnenstrahlen, nahm sie plötzlich ihrer Gastgeberin Arm und sagte: «Sind Sie glücklich, Sybil?»

«Liebe Lady Windermere, natürlich bin ich glücklich. Sind Sie's denn nicht?»

«Ich habe keine Zeit dazu, Sybil. Ich habe immer den Menschen gern, der zuletzt mir vorgestellt wurde; aber, und das ist die Regel, sobald ich einen Menschen näher kenne, werde ich seiner überdrüssig.»

«Sind Sie denn mit Ihren Löwen nicht zufrieden, Lady Windermere?»

«Oh, meine Liebe, nein! Löwen sind nur gut für eine Saison. Sobald ihre Mähnen beschnitten sind, sind sie die langweiligsten Wesen. Außerdem betragen sie sich sehr schlecht, wenn man nett zu ihnen ist. Erinnern Sie sich noch an diesen entsetzlichen Mr. Podgers? Er war ein fürchterlicher Schwindler.

Natürlich hat mir das nichts ausgemacht, und selbst als er Geld borgen wollte, habe ich ihm noch verziehen; aber daß er mir dauernd den Hof machte, konnte ich einfach nicht ausstehen. Er hat mich tatsächlich alle Chiromantie hassen gelehrt. Ich schwärme jetzt für Telepathie. Sie ist viel amüsanter.»

«Sie sollten nichts gegen die Chiromantie sagen, Lady Windermere; Chiromantie ist das einzige, über das Arthur nichts kommen läßt. Ich versichere Ihnen, daß er es sehr ernst meint damit.»

«Sie wollen doch nicht etwa sagen, Sybil, daß er daran glaubt?»

«Fragen Sie ihn, Lady Windermere, hier ist er.» Und Lord Arthur kam vom Garten her mit einem großen Strauß gelber Rosen in seiner Hand, und die zwei Kinder sprangen um ihn herum.

«Lord Arthur?»

«Ja, Lady Windermere?»

«Sie wollen doch nicht behaupten, daß Sie an Chiromantie glauben?»

«Natürlich», sagte der junge Mann lächelnd.

«Aber warum?»

«Weil ich ihr alles Glück meines Lebens verdanke», sagte er leise und setzte sich in einen Korbsessel.

«Mein lieber Lord Arthur, was schon verdanken Sie ihr?»

«Sybil», erwiderte er, gab seiner Frau die Rosen und blickte in ihre dunkelblauen Augen.

«Was für ein Unsinn!» rief Lady Windermere. «Ich habe in meinem ganzen Leben noch keinen solchen Unsinn gehört.»

Das Gespenst von Canterville

1

Als Mr. Hiram B. Otis, der amerikanische Gesandte, Canterville Chase kaufte, sagte ihm jedermann, daß er etwas sehr Törichtes tue, da kein Zweifel bestand, daß es in dem Schloß spuke. Lord Canterville selbst, ein Mann von peinlichster Rechtschaffenheit, fühlte, als sie beide die Bedingungen des Kaufes besprachen, daß es seine Pflicht sei, Mr. Otis diese Tatsache mitzuteilen.
«Wir selbst», sagte Lord Canterville, «wir selbst wollten nicht mehr im Schloß wohnen, seit, wie Sie wissen müssen, meine Großtante, die verwitwete Herzogin von Bolton, vor Schrecken in eine Ohnmacht gefallen war, von der sie sich nie mehr recht erholte. Zwei Knochenhände hatten sich auf ihre Schultern gelegt, während sie sich gerade zum Dinner umzog. Ich fühle mich gezwungen, Ihnen,

Mr. Otis, zu sagen, daß das Gespenst von mehreren noch lebenden Mitgliedern unserer Familie gesehen worden ist, ebenso auch vom Geistlichen unserer Gemeinde, Reverend Augustus Dampier, der Mitglied des King's College, Cambridge, ist. Nach dem unglücklichen Unfall der Frau Herzogin wollte keiner unserer jüngeren Bediensteten länger bei uns bleiben, und Lady Canterville schlief nachts infolge der mysteriösen Geräusche, die vom Korridor und von der Bibliothek her kamen, sehr wenig.»

«Mylord», entgegnete der Gesandte, «ich werde Einrichtung samt Gespenst kaufen. Ich komme aus einem modernen Land, wo es alles gibt, was für Geld zu haben ist; und wenn ich an all unsere fixen jungen Leute denke, die in ihrem Übermut die Alte Welt auf den Kopf stellen und ihre besten Schauspielerinnen und Primadonnen nach drüben mitnehmen, so vermute ich, daß, gäbe es so etwas wie einen Geist, ein Gespenst in Europa, daß wir dieses Gespenst in kurzer Zeit drüben in einem Museum hätten oder auf einem unserer Jahrmärkte.»

«Ich fürchte, daß das Gespenst existiert», meinte lächelnd Lord Canterville, «und möglicherweise hat es den Angeboten Ihrer unternehmungslustigen Impresarios widerstanden. Das Gespenst ist wohlbekannt seit dreihundert Jahren, genau seit 1584, und es erscheint immer kurz vor dem Tode eines Mitglieds unserer Familie.»

«Genauso und zur selben Zeit kommt auch der Hausarzt, Lord Canterville. Doch gibt es so etwas wie einen Geist, ein Gespenst nicht, Sir, und ich glaube nicht, daß die Naturgesetze sich der britischen

Aristokratie zuliebe suspendieren ließen.» «Sie in Amerika sind gewiß sehr aufgeklärt», antwortete Lord Canterville, der Mr. Otis' Bemerkung nicht völlig verstand, «und wenn Sie ein Geist im Hause nicht weiter stört, so soll es recht sein. Nur dürfen Sie nicht vergessen, daß ich Sie gewarnt habe.»

Wenige Wochen darauf war der Kauf abgeschlossen, und mit dem Ende der Saison bezog der Gesandte mit seiner Familie Canterville Chase. Mrs. Otis, als Miß Lucretia R. Tappan, West 33rd Street, einst eine gefeierte Schönheit New Yorks, war um diese Zeit eine hübsche Frau mittleren Alters, mit schönen Augen und einem bezaubernden Profil. Viele Amerikanerinnen geben sich, im Glauben, es gehöre zu europäischer Bildung, beim Verlassen ihres Landes ein chronisch-kränkelndes Aussehen; nicht so Mrs. Otis. Sie verfiel diesem Irrtum nicht. Ihre Gesundheit war ausgezeichnet, und sie war auch sonst wirklich voller Lebenskraft. Tatsächlich glich sie in vielem einer Engländerin und war so das beste Beispiel für die Tatsache, daß wir heutzutage alles mit Amerika gemeinsam haben, ausgenommen, natürlich, die Sprache. Ihr ältester Sohn, wohl in einem Augenblick großer patriotischer Gefühle Washington getauft, was er in seinem Leben nie völlig verwinden konnte, war ein blonder, gutaussehender junger Mann, der sich dadurch für den amerikanischen diplomatischen Dienst als geeignet erwies, daß er im Newport Casino für drei aufeinanderfolgende Saisons den Kotillon angeführt hatte, und außerdem war er auch in London als ein ausgezeichneter Tänzer

bekannt. Gardenien und Adelsregister waren seine einzigen Schwächen. Sonst war er sehr vernünftig. Miß Virginia E. Otis, ein junges Mädchen von fünfzehn Jahren, war schlank und reizend wie ein Reh und hatte ein Paar große, freimütig blickende blaue Augen. Sie war eine ausgezeichnete Reiterin. Einmal war sie mit dem alten Lord Bilton auf ihrem Pony zweimal um den Park herum um die Wette geritten und hatte die Achillesstatue um eineinhalb Längen eher erreicht als der alte Lord, zur übergroßen Freude des jungen Herzogs von Cheshire, der dann kaum einen Augenblick später um ihre Hand angehalten hatte und am selben Abend noch von seinen älteren Begleitern unter Strömen von Tränen in die Schule nach Eton zurückgeschickt worden war. Nach Virginia kamen die Zwillinge, die man meistens nur «The Stars and Stripes» nannte, weil sie beinah immer verhauen wurden. Dabei waren sie zwei höchst erfreuliche Buben und, mit Ausnahme des werten Gesandten selbst, die einzigen Republikaner der Familie.
Da Canterville Chase sieben Meilen von Ascot, der nächsten Bahnstation, entfernt war, hatte Mr. Otis um einen Wagen für sich und seine Familie telegraphiert, der sie nach Canterville Chase bringen sollte, und sie fuhren voll Freude und Erwartung los. Es war ein lieblicher Juliabend, und in der Luft lag der feine Duft der Nadelwälder. Dann und wann hörten sie eine Wildtaube gurren oder sahen mitten im rauschenden Farn die feuerfarbene Brust eines Fasans. Von den Buchen, an denen sie vorüberkamen, schauten kleine Eichhörnchen auf sie herab,

und die Wildkaninchen hoppelten, die weißen Schwanzstummel in der Luft, durchs Unterholz fort und über die moosigen Buckel dahin. Als aber ihr Gefährt in die Straße nach Canterville einbog, überzog sich der Himmel plötzlich mit Wolken. Eine eigenartige Stille und Ruhe lag in der Luft. Ein Schwarm Krähen flog schweigend über ihre Köpfe hinweg, und noch bevor sie das Schloß erreichten, fielen die ersten schweren Tropfen.

Eine alte Frau, sauber in schwarze Seide gekleidet, eine weiße Haube auf dem Kopf und eine Schürze umgebunden, stand auf den Stufen, um die Ankommenden zu empfangen. Es war Mrs. Umney, die Beschließerin, die Mrs. Otis auf die inständige Bitte Lady Cantervilles hin in ihrer alten Stellung behielt. Vor jedem Mitglied der Familie, das aus dem Wagen stieg, knickste sie sehr tief und sagte in einer wunderlichen, altmodischen Weise: «Ich heiße die Herrschaft willkommen auf Canterville Chase.» Dann folgten sie ihr, und sie gingen durch die noble Tudorhalle in die Bibliothek, einem langen niedrigen, mit schwarzem Eichenholz getäfelten Raum, an dessen einem Ende sich ein großes farbiges Fenster befand. Hier war schon der Tee serviert. Nachdem sie ihre Mäntel abgelegt hatten, setzten sie sich nieder und fingen an, sich umzusehn, während Mrs. Umney bediente.

Plötzlich sah Mrs. Otis einen dunklen roten Fleck auf dem Fußboden gerade vor dem Kamin und sagte, ohne die leiseste Ahnung davon zu haben, was dieser Fleck bedeuten könnte, zu Mrs. Umney: «Ich fürchte, dort hat jemand etwas verschüttet.»

«Ja, Madame», erwiderte die alte Wirtschafterin mit leiser Stimme, «Blut ist dort vergossen worden.»
«Entsetzlich!» rief Mrs. Otis. «Ich liebe nun keineswegs Blutspuren in einem Wohnzimmer. Der Boden muß sofort gesäubert werden.»
Die alte Frau lächelte und antwortete wieder mit derselben leisen und geheimnisvollen Stimme: «Es ist das Blut Lady Eleanores de Canterville, die eben an dieser Stelle im Jahre 1575 von ihrem Gatten, Sir Simon de Canterville, ermordet wurde. Sir Simon hat sie neun Jahre überlebt und ist dann plötzlich unter höchst seltsamen Umständen verschwunden. Sein Leichnam ist nie gefunden worden, aber sein schuldbeladener Geist geht heute noch im Schloß um. Der Blutfleck wurde schon oft und viel von Touristen und anderen Leuten bewundert und kann nicht entfernt werden.»
«Das gibt es nicht», rief Washington Otis. «Pinkertons hervorragende Fleckenpaste, ein Universalreinigungsmittel, wird den Fleck beseitigen, bevor Sie sich umsehen können.» Und noch ehe ihn die erschrockene Wirtschafterin davon abhalten konnte, lag er schon auf den Knien und schrubbte hastig den Fußboden mit etwas, das wie schwarze Bartwichse aussah. Einige Augenblicke danach war nichts mehr von dem Blutfleck zu sehen.
«Ich hab es gewußt, daß er mit Pinkertons Fleckenpaste weggeht», triumphierte er und blickte auf die andern, die ihn bewundernd anschauten. Kaum hatte er es ausgerufen, erleuchtete ein schrecklicher Blitzstrahl das dämmerige Zimmer, und fürchterli-

cher Donner ließ alle in die Höhe fahren. Und Mrs. Umney fiel in Ohnmacht.

«Schauderhafter Landstrich», sagte der amerikanische Gesandte ruhig und zündete eine lange Zigarre an. «Ich glaube fast, das alte Land ist so übervölkert, daß sie nicht mehr für jeden genug anständiges Wetter haben. Ich war schon immer der Meinung, daß es für England das einzig Richtige ist, wenn die Leute auswandern.»

«Mein lieber Hiram», sagte da Mrs. Otis, «was können wir viel mit einer Frau anfangen, die dauernd in Ohnmacht fällt?»

«Laß sie dafür bezahlen, als hätte sie etwas zerbrochen», antwortete der Gesandte. «Sie wird dann kaum mehr ohnmächtig werden.» Und Mrs. Umney kam einen Augenblick später wieder zu sich. Trotzdem gab es keinen Zweifel, daß Mrs. Umney wirklich sehr aufgeregt war, und sie beschwor Mr. Otis, auf der Hut zu sein vor einem Unglück, das über sie alle kommen werde.

«Mit meinen eignen Augen habe ich Dinge gesehen, Sir», sagte sie, «die jedem Christenmenschen die Haare zu Berge stehen ließen, und viele, viele Nächte habe ich kein Auge zumachen können wegen der entsetzlichen Dinge, die hier geschehen sind.» Mr. Otis jedoch und auch seine Frau Gemahlin versicherten gütig der treuen Seele, daß sie beide Gespenster keineswegs fürchteten. Und nachdem die alte Haushälterin den Segen der Vorsehung für ihren neuen Herrn und ihre neue gnädige Frau herabgefleht und um Erhöhung ihres Lohnes gebeten hatte, ging sie auf ihr Zimmer.

2

Der Sturm wütete schrecklich die ganze Nacht hindurch, sonst aber ereignete sich nichts Nennenswertes. Am nächsten Morgen jedoch fanden sie, als sie zum Frühstück hinabkamen, den gräßlichen Blutfleck unverändert wieder auf dem Fußboden. «Ich glaube kaum, daß es am Fleckenreiniger liegt», sagte Washington. «Den habe ich an allem ausprobiert. Es muß der Geist sein.» Aber ohne sich länger darüber auszulassen, rieb er den Fleck ein zweites Mal weg; jedoch am andern Morgen war er schon wieder da. Ebenso fanden sie auch am dritten Morgen den Blutfleck vor, obwohl Mr. Otis selbst die Bibliothek abgeschlossen und den Schlüssel mit sich nach oben genommen hatte. Allmählich nun interessierte sich die ganze Familie für diesen Fleck. Mr. Otis begann zu überlegen, ob er nicht doch etwas zu hartnäckig die Existenz von Gespenstern geleugnet habe; Mrs. Otis sprach die Absicht aus, einer spiritistischen Gesellschaft beizutreten, und Washington bereitete einen langen Brief an die Herren Myers & Podmore vor über die Unvertilgbarkeit von Blutflecken im Zusammenhang mit Verbrechen. In der folgenden Nacht nun wurden sämtliche Zweifel an der tatsächlichen Existenz von Gespenstern endgültig und für immer beseitigt.

Der Tag war warm und sonnig gewesen, und in der Kühle des Abends fuhr die ganze Familie spazieren. Sie kamen erst um 9 Uhr wieder zurück und aßen anschließend kurz zu Abend. Während der Unterhaltung kamen sie nicht ein einziges Mal auf Gespenster zu sprechen, so daß keinerlei Andeutungen, die sich auf das Gespenst bezogen hätten, die erwartungsvolle Aufnahmefähigkeit hätten schaffen können, die sehr oft dem Erscheinen von spiritistischen Phänomenen vorangeht. Wie ich von Mr. Otis hörte, hatte man die üblichen Gesprächsthemen der gebildeten Amerikaner höherer Schichten gewählt, so zum Beispiel die ungeheure Überlegenheit Miß Fanny Davenports über Sara Bernhardt als Schauspielerin, ferner die schiere Unmöglichkeit, selbst in den besten englischen Häusern nicht völlig gereiften Mais, Buchweizenkuchen und Hominy zu bekommen, ferner die Wichtigkeit Bostons für die Entwicklung der Weltseele, ferner die Vorteile des Gepäckaufgabesystems bei Eisenbahnreisen und das Angenehme des New Yorker Akzents, verglichen mit der schleppenden, eintönigen Redeweise der Londoner. Niemand erwähnte Übernatürliches; auch sprach man nicht von Sir Simon de Canterville. Um elf Uhr begab sich die Familie zur Ruhe, und eine halbe Stunde später waren alle Lichter ausgelöscht. Einige Zeit darauf erwachte Mr. Otis durch ein seltsames Geräusch, das vom Korridor her in sein Zimmer drang. Es klang wie das Klirren von Metall und schien mit jedem Augenblick näher zu kommen. Sofort erhob er sich, strich ein Zündholz an und schaute auf die Uhr. Es war genau ein Uhr. Mr. Otis war ganz ruhig, er befühlte seinen Puls, der völlig normal war. Das ihm fremde Geräusch dauerte immer noch an; zugleich aber hörte er nun, ganz genau unterscheidbar, Fußtritte. Mr. Otis schlüpfte in seine Hausschuhe, nahm ein längliches Fläschchen aus seinem Necessaire und öffnete die Tür. Gerade sich gegenüber sah er da im blassen Mondlicht einen alten Mann von gruseligem Aussehen stehen. Seine Augen waren so rot wie glühende Kohlen, langes graues Haar fiel in wirren Strähnen über seine Schultern, seine Kleider, die einen altertümlichen Schnitt hatten, waren schmutzig und zerrissen, und von seinen Handgelenken und Knöcheln hingen schwere, rostige Hand- und Fußschellen.

«Mein lieber Herr», sagte Mr. Otis, «ich muß Sie wirklich darum bitten, ihre Ketten zu ölen, und habe Ihnen zu diesem Zweck eine kleine Flasche Tammanys Maschinenschmieröl ‹Morgenröte› mitgebracht. Die Gebrauchsanweisung besagt, daß schon eine einmalige Anwendung völlig genügt; dies bestätigen auch mehrere Atteste, die von einigen unserer prominentesten Theologen stammen. Ich werde es für Sie hier neben die Kerzen vor mein Schlafzimmer stellen, und es soll mich freuen, Sie mit mehr zu versorgen, wenn Sie es brauchen sollten.» Mit diesen Worten legte der Gesandte der Vereinigten Staaten das Fläschchen auf ein Marmortischchen, zog sich in sein Schlafzimmer zurück und schloß die Tür.

Für einen Augenblick stand der Geist von Canterville völlig sprachlos und unbeweglich in erklärlicher Entrüstung; dann aber warf er wütend die Flasche auf den gebohnerten Fußboden und floh den Korridor hinab, indem er hohltönendes Stöhnen ausstieß und gespenstisches grünes Licht um sich verbreitete. Im selben Augenblick jedoch, als er die oberste Stufe der breiten eichenen Treppe erreichte, öffnete sich eine Tür, zwei kleine weißumhüllte Gestalten erschienen, und ein großes Kissen flog an seinem Kopf vorbei! Da hieß es nun keine Zeit mehr verlieren, und so benutzte er eiligst die vierte Dimension als Mittel zur Flucht und verschwand durch die Wandtäfelung. Daraufhin ward das Haus wieder ganz ruhig.

Nachdem der Geist ein kleines geheimes Zimmer im linken Flügel des Schlosses erreicht hatte, lehnte er sich erschöpft an einen Mondstrahl, um Atem zu holen, und versuchte, sich über seine Situation klarzuwerden und die Lage zu untersuchen. Niemals während der dreihundert Jahre seiner ununterbrochenen großen Laufbahn als Geist war er so schwer beleidigt worden. Er dachte an die Herzoginwitwe, die er so sehr erschreckte, als sie in ihren Spitzen und Diamanten vor dem Spiegel stand, daß sie in Krämpfe fiel; er dachte an die vier Hausmädchen, die allein schon dadurch hysterisch wurden, daß er sie durch die Vorhänge eines unbewohnten Schlafzimmers hindurch angrinste; er dachte an den Pfarrer der Gemeinde, dessen brennende Kerze er ausblies, als er spät in der Nacht aus der Bibliothek kam, und der seit dieser Nacht in der Fürsorge von Sir William Gull war, als ein wahrer Märtyrer unter seinen Nervenstörungen leidend; und er dachte an die alte Madame de Tremoulliac, die, als sie eines Morgens früher als gewöhnlich erwachte und ein Skelett in einem ihrer Lehnsessel am Kamin sitzen und ihr Tagebuch lesen sah, sechs

Wochen ihr Bett hüten mußte, einer Gehirnentzündung wegen, und die nach ihrer Genesung sich wieder mit der Kirche aussöhnte und ihre Verbindung mit diesem unverbesserlichen Freigeist, Monsieur de Voltaire, abbrach. Er erinnerte sich an jene entsetzliche Nacht, als man den gottlosen Lord Canterville in seinem Ankleidezimmer am Erstikken fand, den Karobuben halb im Schlund stekkend, und wie er dann bekannte, noch bevor er starb, daß er gerade mit dieser Karte Charles James Fox um 50 000 Pfund Sterling bei Crockford geprellt habe, und schwor, daß das Gespenst ihm diese Spielkarte in den Hals gesteckt habe. Alle seine großen Erfolge tauchten in seinem Gedächtnis auf, von jenem Kammerdiener an, der sich im Vorratsraum erschoß, weil er eine grüne Hand an die Fensterscheiben klopfen sah, bis zur schönen Lady Stutfield, die für immer ein schwarzes Samtband um ihren Hals tragen mußte, um die Spuren von fünf Fingern, die er auf ihre weiße Haut gebrannt hatte, zu verdecken, und die sich schließlich im Karpfenteich am Ende der Königspromenade ertränkte. Mit dem begeisterten Egoismus des echten Künstlers rief er seine hervorragendsten Rollen in sein Gedächtnis zurück und lächelte bitter sich selbst zu, als er an sein letztes Auftreten als «Roter Ruben oder das erdrosselte Kind» dachte, an sein Debüt als «Dürrer Gibeon, der Blutsauger vom Bexley-Moor» und an das *Furore*, das er eines schönen Juliabends machte, als er ganz einfach auf der Wiese des Tennisplatzes mit seinen eignen Knochen Kegel schob. Und nach all diesen Erfolgen kamen da so jämmerlich moderne Amerikaner daher, boten ihm «Morgenröte»-Schmieröl an und warfen ihm Kissen an den Kopf! Unmöglich, daß er das dulden konnte. Außerdem war ihm nicht bekannt, daß je ein Geist auf diese Weise behandelt worden wäre. Demzufolge beschloß er, Rache zu üben, und blieb bis zum Tagesanbruch in der Pose des in Gedanken tief Versunkenen.

3

Am darauffolgenden Morgen, als die Familie Otis zum Frühstück zusammenkam, sprachen sie ziemlich lange über das Gespenst. Der Gesandte der Vereinigten Staaten war verständlicherweise etwas ungehalten darüber, daß sein Geschenk so mißachtet worden war. «Ich habe aber nicht die Absicht», so sagte er, «dem Geist kränkende Beleidigungen zuzufügen, und ich bin gezwungen zu sagen, daß, wenn man die Länge der Zeit bedenkt, die er in diesem Hause zugebracht hat, ich nicht glaube, es sei sehr höflich, dem Geist Kissen an den Kopf zu werfen» – eine sehr angebrachte Bemerkung, bei der, wie ich leider gestehen muß, die Zwillinge in lautes Gelächter ausbrachen. «Auf der anderen Seite», fuhr der Gesandte fort, «sind wir gezwungen, ihm, sollte er sich weiterhin weigern, das ‹Morgenröte›-Schmieröl zu benützen, die Ketten wegzunehmen. Es ist völlig unmöglich zu schlafen, solange draußen vor den Schlafzimmern solch ein Lärm herrscht.»

Aber für den Rest der Woche blieben sie ungestört, und das einzige, was noch immer ihre Aufmerksamkeit erregte, war, daß sich der Blutfleck auf dem Fußboden der Bibliothek ständig erneuerte. Sie konnten es einfach nicht begreifen, schloß doch Mr. Otis selbst jeden Abend die Tür zur Bibliothek ab, und ebenso waren die Fenster jede Nacht geschlossen und verriegelt. Auch die wie bei einem Chamäleon wechselnde Farbe des Blutflecks ließ die verschiedensten Vermutungen aufkommen. An manchem Morgen war die Farbe mattrot – beinahe rostrot –, dann wieder zinnoberrot, dann tief purpurn, und einmal, als sie alle zu einem Familiengebet zusammenkamen, wie es die etwas einfachen Riten der Freien Amerikanischen Reformierten Episkopalkirche vorschrieben, fanden sie den Blutfleck leuchtend smaragdgrün. Diese koloristischen Verwandlungen amüsierten natürlich die Familie sehr, und an jedem Abend wettete man darüber, welche neue Farbe der Fleck am nächsten Morgen haben werde. Die einzige Person, die diesen Spaß nicht mitmachte, war die kleine Virginia, die ohne weiter erklärlichen Grund immer ein wenig unglücklich schien, wenn sie auf den Blutfleck blickte, und an dem Morgen, wo er smaragdgrün war, beinahe weinte.

In der Nacht zum Sonntag trat der Geist das zweite Mal auf. Kurz nachdem sie alle zu Bett gegangen waren, wurden sie plötzlich durch ein furchtbares Krachen in der Eingangshalle aufgeschreckt. Sie eilten hinab und sahen dort, daß eine große alte Rüstung sich aus dem Ständer gelöst hatte und auf den Steinboden der Halle gefallen war. In einem hochlehnigen Sessel aber saß der Geist von Canterville und rieb seine Knie mit dem Ausdruck heftigsten Schmerzes. Die Zwillinge, die ihre Schleudern mitgebracht hatten, schossen sofort mit einer Genauigkeit, die nur durch lange und sorgfältige Übung an einem Schreiblehrer erreicht werden kann, eine Erbse auf ihn. Der Gesandte der Vereinigten Staaten selbst legte seinen Revolver an und rief dem Geist zu, wie die kalifornische Etikette es fordert, die Hände hochzuheben. Der Geist sprang mit einem wilden Schrei des Zorns auf seine Füße, fuhr durch sie hindurch wie ein Dunst, löschte Washington Otis' Kerze aus, als er an ihm vorüberkam, und ließ sie alle in völliger Finsternis zurück. Als er oben an der Treppe anlangte, verschnaufte er ein wenig und beschloß sofort, sein berühmtes diabolisches Gelächter auszustoßen. Dies hatte er bei mehr als einer Gelegenheit sehr brauchbar gefunden. Man sagte, daß daraufhin Lord Rakers Perücke in einer einzigen Nacht grau geworden sei, und es ist gewiß, daß drei französische Gouvernanten der Lady Canterville noch vor der Zeit den Dienst aufgesagt haben. So erklang denn sein diabolisches Gelächter, bis das alte Gewölbe davon widerhallte; aber kaum schwieg das fürchterliche Echo, als eine Tür aufging und Mrs. Otis in einem leichten blauen Morgenmantel auf ihn zutrat. «Es tut mir leid, aber Sie sind nicht gesund», sagte sie. «Ich bringe Ihnen da eine Flasche von Dr. Dobells Tinktur. Ist es schlechte Verdauung, so werden Sie kaum eine bessere Medizin finden.» Der Geist starrte sie voll Wut an und begann sofort Vorbereitungen zu treffen, sich in einen großen schwarzen Hund zu verwandeln, eine Fähigkeit, derentwegen er gerechterweise berühmt war und welcher der Arzt der Familie Canterville den bleibenden Schwachsinn des Onkels von Lord Canterville, Hon. Thomas Horton, zuschrieb. Sich nähernde Schritte jedoch ließen ihn innehalten in seinem grausamen Beginnen, und so gab er sich damit zufrieden, leicht phosphoreszierend zu werden und mit einem tiefen Kirchhofwimmern gerade in dem Augenblick zu verschwinden, als die Zwillinge zu ihm hinaufkamen.

Nachdem der Geist in sein Zimmer gelangt war, brach er gänzlich zusammen und wurde die Beute äußerst heftiger Gemütserschütterungen. Schon die Roheit der Zwillinge und der entsetzliche Materialismus Mrs. Otis' ärgerten ihn natürlich sehr; aber was ihn völlig niederschmetterte, war seine Unfähigkeit, die Rüstung zu tragen. Er hatte gehofft, daß selbst moderne Amerikaner bei der Erscheinung eines Gespenstes in voller Rüstung erschauern würden, und wenn auch aus keinem andern Grund, so doch aus Achtung vor ihrem Nationaldichter Longfellow, mit dessen anmutigen und reizenden Versen er schon viele sonst langweilige Stunden hingebracht hatte, während die Cantervilles in die Stadt gefahren waren. Und außerdem war es seine eigene Rüstung. Er hatte sie mit soviel Erfolg beim Turnier in Kenilworth getragen und dabei von keiner Geringeren als der jungfräulichen Königin selbst sehr viel Schmeichelhaftes gesagt bekommen. Aber als er sie jetzt wieder anprobieren wollte, war er von dem Gewicht des riesigen Brustpanzers und des stählernen Helmes erdrückt worden, so daß er schwer auf den Steinfußboden stürzte, sich beide Knie ernstlich aufschlug und die Knöchel seiner rechten Hand verletzte.

Nach diesem Zwischenfall war er für mehrere Tage sehr krank und verließ sein Zimmer nur, um ordnungsgemäß für den Blutfleck zu sorgen. Da er sich sonst aber während seiner Krankheit sehr vorsichtig verhielt, erholte er sich wieder und entschloß sich, einen dritten Versuch zu unternehmen, den Gesandten der Vereinigten Staaten und dessen Familie in Schrecken zu versetzen. Er wählte Freitag, den 17. August, für sein Erscheinen und vertat an diesem Tag die meiste Zeit damit, aus seiner Garderobe ein Kleid zu wählen. Endlich entschloß er sich zugunsten eines großen Schlapphutes mit einer roten Feder, eines Grabgewandes mit Hals- und Handkrausen und eines rostigen Dolches. Gegen Abend goß es in Strömen, und der Wind rüttelte und zerrte gewalttätig an allen Türen und Fenstern des alten Hauses. Nun, es war ein Wetter, wie er es liebte. Sein Plan war folgender: Er wollte leise in Washington Otis' Schlafzimmer schleichen, ihm dann tolles Zeug vom Fußende des Bettes her vorkrächzen und sich selbst zum Klang leiser Musik dreimal den Dolch in die Kehle stoßen. Auf Washington war er besonders böse, weil er genau wußte, daß er es war, der mit Pinkertons Fleckenreiniger den Fußboden vom berühmten Canterville-Blutfleck säuberte. Hatte er dann den rücksichtslosen und tollkühnen jungen Mann in äußersten Schrecken versetzt, wollte er ins Schlafzimmer schleichen, in dem der Gesandte der Vereinigten Staaten und dessen Frau schliefen. Mrs. Otis wollte er seine feuchtkalte Hand auf die Stirne legen und ins Ohr ihres zitternden Herrn Gemahls die schauerlichen Geheimnisse des Beinhauses zischen. Aber was er der kleinen Virginia antun sollte, das wußte er noch nicht. Sie hatte ihn nie und auf keinerlei Weise beleidigt und war außerdem hübsch und gut. Ein paar dumpfe Seufzer aus dem Kleiderschrank, so dachte er, würden sie mehr als genug erschrekken; und sollte sie davon nicht erwachen, so konnte er immer noch mit gelähmt-zittrigen Fingern an ihrer Steppdecke zerren. Den Zwillingen dagegen, so war er fest entschlossen, wollte er eine gesalzne Lektion erteilen. Als erstes war selbstverständlich, daß er sich auf ihre Brust setzte, um sie das beklemmende Gefühl des Albdrückens spüren zu lassen. Dann, weil ja ihre Betten so eng beieinanderstanden, wollte er sich zwischen die beiden stellen in der Gestalt eines grünen, eisigkalten Leichnams, und zwar so lange, bis sie die Angst lähmte, um schließlich das Leichentuch von sich zu schleudern und im Schlafzimmer herumzuspringen mit weißgebleichten Knochen und einem rollenden Augapfel als «Stummer Daniel oder das Skelett des Selbstmörders», eine Rolle, mit der er bei mehr als einer Gelegenheit unheimliche Wirkungen erzielt hatte und die er für genauso vortrefflich hielt wie seine nicht zu übertreffende Darstellung

von «Martin, der Verrückte, oder das verhüllte Geheimnis».
Um halb elf Uhr hörte er die Familie zu Bett gehen. Für eine Weile störte ihn noch das wilde, laute Lachen der Zwillinge, die mit der leichtfertigen Heiterkeit von Schuljungen sich offenbar herrlich amüsierten, bevor sie endlich schlafen gingen; aber um ein Viertel nach elf Uhr war Ruhe im Haus, und als es Mitternacht schlug, machte er sich auf den Weg. Die Eule flog gegen die Fensterläden, der Rabe krächzte von der alten Eibe, und der Wind sauste seufzend ums Haus wie eine verlorne Seele; die Familie Otis aber schlief, und niemand ahnte das herannahende Verhängnis. Über das Geräusch des Regens und des Sturmes hinweg hörte der Geist das gleichmäßige Schnarchen des Gesandten der Vereinigten Staaten. Geräuschlos trat er durchs Getäfel der Wand, mit einem bösen Lächeln um seinen grausamen faltigen Mund, und der Mond verbarg sein Gesicht hinter einer Wolke, als der Geist sich am großen Erker vorbeistahl, wo seine und seiner gemordeten Frau Wappen in Azurblau und Gold gemalt hingen. Weiter und weiter schlich er sich wie ein grausiger Schatten, und die unheimliche Dunkelheit schien ihn voll Ekel anzustarren, während er durch sie hindurchschritt. Einmal glaubte er jemanden rufen zu hören und hielt inne; es war aber nur das Bellen des Hundes von der Roten Farm, und so ging er weiter, murmelte seltsame Flüche des sechzehnten Jahrhunderts und stach in einem fort mit seinem rostigen Dolch in der Mitternachtsluft herum. Schließlich gelangte er an

die Ecke des Ganges, an der er vorüber mußte, um in das Zimmer des unglücklichen Washington gelangen zu können. Er blieb hier ein wenig stehen; der Wind spielte mit seinen langen grauen Locken und wehte das namenlos schreckliche Grabtuch des toten Mannes zu grotesken und phantastischen Falten. Dann schlug es Viertel, und er glaubte seine Zeit gekommen. Frohlockend warf er sich in die Brust und ging um die Ecke; doch kaum war er so weit, als er mit einem jämmerlichen Schreckensschrei zurücksprang und sein erbleichtes Gesicht mit seinen langen knöchernen Händen bedeckte. Gerade vor ihm stand ein riesiges Gespenst, regungslos wie ein geschnitztes Bild und unheimlich wie eines Irren Traum! Sein Kopf war kahl und poliert, sein Gesicht rund und dick und weiß; und gräßliches Gelächter schien seine Züge zu ewigem Grinsen verzerrt zu haben. Von seinen Augen strömten Strahlen purpurnen Lichts, der Mund war eine weite Feuerquelle, und ein grusliges Gewand, ähnlich dem seinen, hüllte schneeweiß die titanische Gestalt ein. Auf seiner Brust war ein Blatt Papier, auf dem mit Buchstaben uralter Herkunft etwas Fremdartiges stand, Zeilen der Schmach, wie es schien, eine Liste wilder Sünden, das furchtbare Verzeichnis von Verbrechen, und mit seiner rechten Hand hielt es ein schimmerndes stählernes Schwert empor.

Da er nun noch nie ein Gespenst gesehen hatte, war er natürlicherweise entsetzlich erschrocken und floh, nachdem er noch einen zweiten flüchtigen Blick auf das scheußliche Ungeheuer geworfen hatte, in sein Zimmer zurück. Dabei stolperte er, während er so den Korridor entlangsauste, ein paarmal, weil ihm das lange, ihn umhüllende Grabtuch unter die Füße kam, und schließlich warf er noch seinen rostigen Dolch in den Reitstiefel des Gesandten, wo ihn am Morgen der Diener fand. Endlich in der gewohnten Atmosphäre seines eignen Zimmers, warf er sich auf ein schmales Strohlager und verbarg sein Gesicht unter den Kleidern. Nach einer Weile jedoch erholte sich der tapfere alte Cantervillegeist, und er beschloß, noch einmal zu diesem andern Gespenst zu gehen und es anzusprechen, sobald es Tag war. Demzufolge machte er sich, als der silbrige Morgen die Hügel berührte, nach jener Stelle auf, von der aus seine Augen zum erstenmal das grausige Phantom erblickt hatten, und schon fühlte er, daß es wohl besser wäre, nun zu zweit zu sein, und daß er so, mit Hilfe des neuen Freundes, unbeschadet mit den Zwillingen raufen könnte. Als er jedoch an die Stelle kam, begegnete ein schrecklicher Anblick seinen Augen. Etwas mußte geschehen sein mit dem Geist, denn das Licht war gänzlich aus seinen hohlen Augen verschwunden, das schimmernde Schwert war ihm aus der Hand gefallen, und die ganze Gestalt lehnte an der Wand in einer gezwungenen, unbequemen Stellung. Er eilte darauf zu und faßte es mit seinen Händen, als zu seinem Schrecken der Kopf herabpolterte und auf den Boden rollte, der Körper umfiel und er selbst plötzlich ein weißes baumwollenes Bettlaken in den Händen hielt, dazu einen Kehrbesen und ein Küchenmesser; zu seinen Füßen aber lag ein hohler Kürbis. Unfähig, diese kuriose Verwandlung zu begreifen, nahm er das Plakat mit fiebriger Hast an sich und las im grauen Licht des Morgens diese furchterweckenden Worte:

Der Otis-Spuk
Der einzig wahre und Originalspuk
Warnung vor Imitationen!
Alle anderen Geister sind
Betrug.

Alles wurde ihm da klar. Er war getäuscht worden, geprellt, überlistet! Der alte Canterville-Blick kam in seine Augen; er mahlte mit seinen zahnlosen Kiefern, und er schwor mit hoch über den Kopf gehaltener Hand und den farbigen Worten der alten Schule, daß, wenn Chanticleer zweimal sein lustig Horn habe ertönen lassen, Blutiges sich ereignen und Mord auf unhörbaren Sohlen einherschleichen werde.

Er hatte kaum diesen erhabenen und schaurigen Schwur getan, als vom rotgedeckten Dach eines nahen Bauernhauses ein Hahn krähte. Er lachte ein langes, tiefes, bitteres Lachen und wartete. Stunde um Stunde wartete er, aber der Hahn krähte seltsamerweise kein zweites Mal. Um ein halb acht Uhr schließlich hörte er das Hausmädchen kommen, und so beendete er seine furchterregende Nachtwache. Er schlich sich vorsichtig in sein Zimmer zurück und gedachte seiner vergeblichen Hoffnung und vereitelten Absicht. Dann schlug er in den Büchern der alten Ritterschaften nach, in die er vernarrt war, und fand, daß jedesmal, wenn sein Schwur getan worden war, Chanticleer ein zweites

Mal gekräht hatte. «Fluch und Verdammnis über das häßliche Federvieh», murmelte er. «Ich habe den Tag gesehen, da ich ihm mit meiner festen Lanze die Gurgel durchbohrt hätte und er für mich ein zweites Mal hätte krähen müssen, selbst noch im Tod!» Daraufhin legte er sich in einen bequemen Zinnsarg und blieb darin bis zum Abend.

4

Am anderen Tage war der Geist sehr müde und abgespannt. Die großen Aufregungen der vergangenen vier Wochen fingen an, ihre Wirkung zu tun. Seine Nerven waren völlig zerrüttet, und beim leisesten Geräusch erschrak er. Fünf Tage schon hatte er sein Zimmer nicht mehr verlassen, nun endlich brachte er es übers Herz, davon abzulassen, den Blutfleck auf dem Fußboden der Bibliothek zu erneuern. Wenn die Familie Otis ihn schon nicht wünschte, so verdiente sie ihn auch nicht. Offenbar waren es Leute, die auf niederem, materialistischem Niveau ihr Leben fristeten, und es war ihnen völlig unmöglich, den symbolischen Wert sinnlich wahrnehmbarer Phänomene zu begreifen. Und was gespensterartige Erscheinungen anbetrifft und die Entstehung von Astralleibern, so waren das völlig verschiedenartige Dinge, die nicht in seinen Machtbereich fielen. Es war seine heilige Pflicht, einmal in der Woche in den Gängen zu erscheinen und am ersten und dritten Mittwoch jeden Monats vom großen Erker her unverständliches Zeug zu flüstern; und er konnte keinen Weg finden, diesen Pflichten sich einigermaßen ehrenvoll zu entziehen. Es ist wohl wahr, daß sein Leben sehr viel Böses mit sich gebracht hatte, doch war er sich auf der anderen Seite aller Dinge, die mit dem Übernatürlichen zusammenhingen, stets bewußt. Für die folgenden drei Samstage also ging er wie gewöhnlich zwischen Mitternacht und drei Uhr morgens durch die Gänge, jedoch ängstlich darauf bedacht, weder gehört noch gesehen zu werden. Er zog seine Stiefel aus, trat so sanft wie möglich auf die wurmstichigen Dielen, trug ein weites schwarzes Samtgewand und ölte sorgfältig seine Ketten mit dem «Morgenröte»-Schmieröl. Ich muß gezwungenermaßen eingestehen, daß es ziemlich viele Bedenken zu überwinden gab, bis er sich so weit brachte, diesen letzten Schutz anzunehmen und anzuwenden. Eines Abends jedoch, als die Familie gerade bei Tische saß, schlich er sich in Mr. Otis' Schlafzimmer und nahm das Fläschchen an sich. Zuerst fühlte er sich etwas gedemütigt, doch nach einer Weile war er vernünftig genug, einzusehen, daß diese Erfindung viel für sich hatte und bis zu einem gewissen Grade auch ihren Zweck erfüllte. Trotz all diesen Maßnahmen blieb der Geist nicht ungeschoren. Dauernd waren Stricke über den Korridor gespannt, über die er in der Dunkelheit stolperte, und an einem Abend, als er sich für die Rolle des «Schwarzen Isaak oder der Jägersmann vom Hogley-Forst» gekleidet hatte, tat er einen schrecklichen Fall, weil er auf eine Schlitterbahn aus Butter getreten war, die die Zwillinge vom Eingang zum

Gobelinsaal bis zum oberen Ende der eichenen Treppe angelegt hatten. Dieser letzte Schimpf brachte ihn so sehr in Wut, daß er sich vornahm, eine letzte Anstrengung zu machen, um seine Würde und gesellschaftliche Stellung zu behaupten. Und so beschloß er, die unverschämten jungen Etonschüler während der kommenden Nacht in seiner berühmten Rolle als «Rücksichtsloser Ruppert oder der Graf ohne Kopf» aufzusuchen.
In dieser Aufmachung war er seit mehr als siebzig Jahren nicht mehr erschienen, ja nicht mehr, seit er die hübsche Lady Barbara Modish mit dieser Aufmachung so sehr erschreckt hatte, daß sie plötzlich ihre Verlobung mit dem Großvater des jetzigen Lord Canterville löste, mit dem schönen Jack Chastleton nach Gretna Green weglief und erklärte, daß nichts in der Welt sie bewegen könne, in eine Familie zu heiraten, die einem solch entsetzlichen Gespenst erlaube, in der Dämmerung auf der Terrasse spazierenzugehen. Der arme Jack war kurz darauf auf Wandsworth Common in einem Duell mit Lord Canterville erschossen worden, und Lady Barbara starb an gebrochenem Herzen zu Tunbridge Wells, noch ehe das Jahr um war, so daß dieser Auftritt für ihn in jeder Hinsicht ein riesiger Erfolg war. Es war zwar ein enorm schwieriges *make-up*, wenn ich einen solchen Ausdruck in Verbindung mit einem der größten mysteriösen Geschehnisse des Übernatürlichen oder, um mich eines wissenschaftlicheren Begriffes zu befleißigen: der metaphysischen Welt benutzen darf, und es nahm volle drei Stunden in Anspruch, bis er alles vorbereitet

hatte. Aber schließlich wurde er auch damit fertig, und seine Erscheinung gefiel ihm ausnehmend gut. Die großen ledernen Reitstiefel, die zum Kleide gehörten, waren freilich eine Idee zu groß für ihn, und nur eine der beiden Reiterpistolen konnte er finden, aber im ganzen gesehen war er doch recht zufrieden. Und ein Viertel nach ein Uhr schritt er behende durch die Wandtäfelung und schlich den Korridor hinab. Als er das Schlafzimmer erreichte, in dem die Zwillinge schliefen und das, wie ich längst hätte erwähnen müssen, das blaue Schlafzimmer genannt wurde, weil es blau tapeziert war, da fand er die Türe nur angelehnt. In dem Wunsche, einen möglichst wirkungsvollen Eintritt zu bewerkstelligen, stieß er die Tür weit auf – und ein großer Eimer voll Wasser ergoß sich direkt über ihn, durchnäßte ihn bis auf die Haut und sauste nur wenige Zentimeter an seiner linken Schulter vorbei zu Boden. Im selben Augenblick hörte er auch schon unterdrücktes Gelächter, das von dem Himmelbett herkam. Der Nervenschock, den er erlitt, wirkte so sehr, daß er sofort und so schnell er konnte in sein Zimmer zurückfloh. Am nächsten Tage mußte er einer schweren Erkältung wegen das Bett hüten. Das einzige, was ihn bei der ganzen Affäre einigermaßen beruhigte, war, daß er seinen Kopf nicht mitgenommen hatte; denn hätte er ihn bei sich gehabt, die Folgen hätten tatsächlich sehr ernst sein können.

Jetzt endlich gab er jede Hoffnung auf, diese gefühllose amerikanische Familie jemals wieder zu erschrecken; er gab sich damit zufrieden, grundsätzlich nur mehr in Pantoffeln, mit einem dicken roten Schal um den Hals, aus Angst, Zug zu bekommen, und mit einer kleinen Armbrust, für den Fall, daß er von den Zwillingen angegriffen werden sollte, durch die Gänge und über die Treppen zu gehen. Den letzten und endgültigen Schlag aber versetzte man ihm am 19. September. Er war gerade die Treppe zur großen Vorhalle herabgekommen und glaubte sicher, dort wenigstens ungestört zu sein, und amüsierte sich damit, satirische Bemerkungen über die großen Saroni-Photographien des Gesandten der Vereinigten Staaten und dessen Frau Gemahlin zu machen, die dort nun an Stelle der Bilder der Familie Canterville hingen. Er war einfach, aber sauber in ein langes Grabtuch, mit Kirchhoferde gesprenkelt, gekleidet, hatte sein Kinn mit einem Streifen gelben Linnens hochgebunden, trug eine kleine Laterne und hatte den Spaten eines Totengräbers in der Hand. Tatsache war, daß er ganz genau für die Rolle des «Jonas, des Grablosen, oder der Leichenräuber von Chertsey-Barn» gekleidet war, übrigens eine seiner äußerst bemerkenswerten Verkörperungen, noch dazu eine, deren sich zu erinnern die Cantervilles allen Grund hatten, war sie doch der wirkliche Anstoß zum Streit mit ihrem Nachbarn, Lord Rufford. Es war ungefähr ein Viertel nach zwei Uhr morgens und, soweit er wahrnehmen konnte, alles ruhig. Wie er aber so gegen die Bibliothek schlenderte, um dort nachzusehn, ob noch Spuren des Blutflecks vorhanden wären, da sprangen plötzlich aus einem dunklen Winkel zwei Gestalten auf ihn zu, schwan-

gen wild die Arme überm Kopf und schrien laut: «Buh!» in seine Ohren.
Von einer Panik erfaßt, die unter den gegebenen Umständen nur zu erklärlich war, eilte er nach der Treppe, fand dort aber Washington Otis vor, der mit der großen Gartenspritze auf ihn wartete. So eingekeilt zwischen seine Feinde und in höchster Not, verschwand er in den großen Eisenofen, der zum Glück nicht geheizt war, und mußte so seinen Weg durch Mauerröhren und Kamine nehmen, so daß er schrecklich schmutzig, vollkommen verwirrt und verzweifelt in seinem Zimmer ankam.
Nach diesem Zwischenfall ließ er sich auf keiner nächtlichen Wanderung mehr sehen. Die Zwillinge lauerten ihm noch mehrmals auf und bestreuten jede Nacht die Gänge mit Nußschalen, zum großen Ärger ihrer Eltern und der Diener, doch ohne Erfolg. Es war also klar, daß der Geist, in seinem Innersten getroffen, nicht wieder erscheinen werde. Als Folge nahm Mr. Otis seine große Arbeit, die Geschichte der demokratischen Partei, wieder auf, an der er schon einige Jahre gearbeitet hatte; Mrs. Otis organisierte ein großes und wundervolles Austernessen, das die ganze Grafschaft entzückte, die Söhne beschäftigten sich mit *Lacrosse, Euchre, Poker* und anderen amerikanischen Nationalspielen, und Virginia ritt über die Wiesen auf ihrem Pony, vom jungen Herzog von Cheshire begleitet, der gekommen war, um die letzte Woche seiner Ferien in Canterville Chase zu verbringen. Allgemein nahm man an, daß der Geist das Schloß verlassen habe, und Mrs. Otis schrieb tatsächlich

einen Brief dieses Inhaltes an Lord Canterville, der in seiner Antwort seine große Freude über diese Neuigkeiten ausdrückte und seine besten Glückwünsche der verehrten Frau Gemahlin des Gesandten überbringen ließ.

Alle Mitglieder der Familie Otis hatten sich jedoch getäuscht; denn der Geist war immer noch im Schloß, und obgleich fast ein Invalide, ließ er doch keineswegs die Dinge, wie sie waren, auf sich beruhen, besonders nachdem er innegeworden war, daß unter den Gästen der junge Herzog von Cheshire war, dessen Großonkel, Lord Francis Stilton, einst hundert Guineen mit Oberst Carbury gewettet hatte, daß er mit dem Geist von Canterville Würfel spielen würde. Am anderen Morgen war er, auf dem Boden des Spielzimmers liegend, in solch hilflosem gelähmten Zustand gefunden worden, daß er, obwohl er bis in ein hohes Alter hinein lebte, niemals mehr fähig war, mehr zu sprechen als «Sechser Pasch». Diese Geschichte war zu damaliger Zeit wohlbekannt, obgleich man natürlich aus Respekt, den man den beiden adeligen Familien zollte, alles versuchte, sie zu vertuschen. Eine genaue Schilderung aller Begebnisse, die diese Geschichte betreffen, findet sich im dritten Band von Lord Tattles *Erinnerungen an den Prinzregenten und seine Freunde.* Der Geist nun brannte natürlich vor Ungeduld zu zeigen, daß er seine Macht über die Stiltons noch nicht eingebüßt habe, mit denen er übrigens verwandt war, wenn auch sehr weitläufig, war doch seine eigene erste Cousine *en secondes noces* mit dem Sieur de Bulkeley verheiratet, von dem, wie jedermann weiß, die Herzöge von Cheshire in direkter Linie abstammen. Also traf er Vorbereitungen, Virginias kleinem Verehrer in der großartigen Verkörperung «Der Vampir-Mönch oder der blutlose Benediktiner» zu erscheinen, eine Rolle, die solches Entsetzen erregte, daß Lady Startup an jenem fatalen Silvesterabend des Jahres 1764 darüber das durchdringendste Geschrei ausstieß und einen schweren Schlagfluß erlitt, dem sie innerhalb dreier Tage erlag, nachdem sie noch schnell die Cantervilles, ihre nächsten Anverwandten, enterbt und all ihr Geld ihrem Londoner Apotheker vermacht hatte. Jedoch im letzten Augenblick hielt ihn die Furcht vor den Zwillingen zurück, sein Zimmer zu verlassen, und der kleine Herzog schlief friedlich unter dem großen bebuschten Betthimmel im Königlichen Schlafzimmer und träumte von Virginia.

5

Wenige Tage danach ritten Virginia und ihr kraushaariger Kavalier auf die Brockley-Wiesen hinaus, wobei sie, während sie durch die Hecke ritt, ihr Reitkleid so sehr zerriß, daß sie beim Nachhausereiten beschloß, durch die Hintertüre ins Haus zu gehn, damit sie von niemandem gesehen werde. Wie sie nun gerade am Gobelinsaal vorübereilte, dessen Tür zufällig offenstand, glaubte sie, drinnen jemanden sitzen zu sehen, und da sie zugleich dachte, daß es das Zimmermädchen ihrer Mutter sein könnte, das oft ihre Arbeit mit dorthin nahm, schaute sie hinein, um sie zu bitten, ihr Reitkleid wieder instand zu setzen. Zu ihrer großen Überraschung aber war der Geist von Canterville im Zimmer! Er saß am Fenster und beobachtete, wie das abgerissene Gold der herbstlichen Bäume durch die Luft flog und die roten Blätter wie irr die lange Allee hinabtanzten. Sein Haupt hatte er in die Hände gestützt, und dem ganzen Aussehen nach war er in äußerster Verzweiflung. Ja, so verloren und so verfallen blickte er drein, daß die kleine Virginia, die zuerst hatte schnell weglaufen und sich in ihr Zimmer einsperren wollen, großes Mitleid erfaßte, und sie beschloß sogleich, ihn zu trösten. So leichtfüßig schritt sie zu ihm hin und so sehr war er in seine Schwermut versunken, daß er ihrer nicht eher gewahr wurde, als bis sie ihn ansprach.

«Sie tun mir so leid», sagte sie, «aber meine Brüder fahren morgen zurück nach Eton, und wenn Sie sich nunmehr anständig aufführen, wird Sie kein Mensch mehr ärgern.»

«Es ist völlig abwegig, mich darum zu bitten, daß ich mich anständig aufführe», antwortete er und blickte sich mit Erstaunen nach dem hübschen Mädchen um, das es gewagt hatte, ihn anzureden, «völlig abwegig. Ich bin dazu da, mit meinen Ketten zu rasseln, durch Schlüssellöcher zu seufzen und während der Nacht umherzugehn – wenn es das ist, was Sie meinen. Dies allein berechtigt mein Dasein.»

«Das allein berechtigt Sie keineswegs zu Ihrem

Dasein; Sie wissen ganz genau, daß Sie sehr böse gewesen sind. Mrs. Umney hat uns am ersten Tag schon erzählt, gleich als wir ankamen, daß Sie Ihre Frau umgebracht haben.»

«Wohl, ich muß das zugeben», sagte der Geist verdrießlich, «doch das ist eine reine Familienangelegenheit, die niemanden sonst etwas angeht.»

«Es ist sehr böse, jemanden zu töten», sagte Virginia, die hin und wieder einen rührenden puritanischen Ernst zeigte, den sie wohl von einem ihrer Neuengland-Vorfahren mitbekommen hatte.

«Oh, ich hasse die billige Strenge eurer abstrakten Moral! Meine Frau war sehr gleichgültig, niemals waren meine Halskrausen gestärkt, wie sich's gehörte, und sie hatte keine Ahnung vom Kochen. Einmal hatte ich einen Rehbock im Hogley-Forst geschossen, einen herrlichen Spießer, und wissen Sie, wie sie ihn servierte? – Aber was tut das jetzt, es ist alles vorbei. Und ich meine, daß es nicht besonders nett war von ihren Brüdern, mich verhungern zu lassen, mag ich sie hundertmal getötet haben.»

«Man hat Sie verhungern lassen? Oh, Mr. Geist, Verzeihung, Sir Simon, haben Sie Hunger? Ich habe einen Sandwich in meiner Tasche. Möchten Sie es gern essen?»

«Nein, danke, danke, ich esse jetzt nichts mehr; auf jeden Fall ist es sehr lieb von Ihnen, und Sie sind wirklich viel liebenswürdiger als alle anderen aus Ihrer schrecklichen, unbarmherzigen, pöbelhaften, ehrlosen Familie.»

«Halt!» schrie Virginia und stampfte mit dem Fuß.

«*Sie* sind's, der unbarmherzig und schrecklich und pöbelhaft ist. Und was die Ehrlosigkeit betrifft, so wissen Sie ganz genau, daß Sie es waren, der die Farben aus meinem Malkasten stahl, um sie auszuprobieren und den lächerlichen Blutfleck in der Bibliothek wieder nachzufärben. Erst nahmen Sie meine sämtlichen roten Farben, auch das Zinnoberrot, und ich konnte keinen Sonnenuntergang mehr malen. Dann nahmen Sie das Smaragdgrün und das Chromgelb, und schließlich hatte ich nichts mehr im Malkasten als das Indigoblau und das Chinesisch-Weiß und konnte nur mehr Mondscheinbilder malen, die so melancholisch machen beim Anschauen und außerdem schwer zu malen sind. Ich habe davon nie etwas erzählt, obwohl ich mich immer mehr geärgert habe, und alles, was Sie getan haben, war furchtbar lächerlich; denn wer hat schon jemals von einem smaragdgrünen Blut gehört?»

«Hm, wahr», sagte der Geist ziemlich kleinlaut, «was hätte ich sonst tun sollen? Es ist heute so schwierig, echtes Blut zu bekommen, und als Ihr Bruder dann mit seinem Fleckenreiniger anfing, sah ich einfach keinen Grund mehr, warum ich nicht Ihre Farben nehmen sollte. Was nun aber die Farbe selbst betrifft, nun, das ist Geschmacksache: Die Cantervilles zum Beispiel haben blaues Blut, wahrhaft das blaueste in ganz England; aber ich weiß ja, daß ihr Amerikaner für solche Dinge nichts übrig habt.»

«Sie wissen gar nichts davon, und das beste für Sie wäre, auszuwandern und Ihrem Verstand etwas nachzuhelfen. Mein Vater wäre ganz gewiß glücklich, Ihnen die Überfahrt zu bezahlen, und obwohl auf Geistigem jeder Sorte ziemlich hoher Zoll liegt, würde es trotzdem keine Schwierigkeiten auf dem Zollamt geben, da alle Beamten dort Demokraten sind. Und sind Sie erst einmal in New York, so werden Sie bald sehen, daß Sie große Erfolge zu verzeichnen haben werden. Ich kenne sehr, sehr viele, die hunderttausend Dollar ausgeben würden, wenn sie einen Großvater nachweisen könnten, und noch viel mehr für ein Familiengespenst.»

«Ich glaube kaum, daß mir Amerika gefallen würde.»

«Wohl nur, weil wir keine Ruinen haben oder andere Kuriositäten», sagte Virginia ziemlich ironisch.

«Keine Ruinen? Keine Kuriositäten?» antwortete der Geist. «Sie haben doch Ihre Marine und Ihre Manieren.»

«Guten Abend; ich werde nach meinem Papa sehen und ihn bitten, daß er die Zwillinge noch eine weitere Woche Ferien machen läßt.»

«Oh, gehen Sie nicht, Miß Virginia, bitte», rief er. «Ich fühle mich so verlassen und unglücklich, und ich weiß beim besten Willen nicht, was ich tun soll. Ich möchte schlafen gehen und kann nicht.»

«Aber das ist doch albern, Sir! Sie müssen bloß zu Bett gehen und Ihre Kerze auslöschen. Es ist sogar manchmal ziemlich schwierig, wach zu bleiben, besonders in der Kirche während der Predigt; aber Schwierigkeiten beim Schlafen gibt es einfach nicht. Ja, selbst die kleinen Babys wissen, wie man es macht, und die sind nun wirklich nicht sehr klug.»

«Seit dreihundert Jahren habe ich nicht mehr geschlafen», sagte er traurig, und Virginias blaue Augen öffneten sich verwundert. «Dreihundert Jahre schon habe ich nicht mehr geschlafen und bin so müde.»

Virginia wurde ganz ernst, und ihre hübschen Lippen zitterten wie Rosenblätter. Sie ging ganz nah zu ihm hin, kniete an seiner Seite nieder und blickte ihm ins alte, faltige Antlitz.

«Armer, armer Geist», murmelte sie, «haben Sie denn keinen Platz, wo Sie schlafen können?»

«Weit von hier, hinter den Fichtenwäldern», antwortete er mit leiser und traumhafter Stimme, «liegt ein kleiner Garten, in dem das Gras hoch und dicht wächst; dort blüht der große weiße Stern des Schierlings, und die Nachtigall singt die ganze Nacht. Die ganze Nacht hindurch singt sie, und der kalte kristallene Mond blickt herab, und die Eibe breitet ihre riesigen Arme über die Schläfer.»

Virginias Augen füllten sich mit Tränen, und sie verbarg ihr Gesicht in den Händen.

«Sie meinen den Garten des Todes?» flüsterte sie.

«Ja, den Tod. Der Tod muß so herrlich sein. In der weichen braunen Erde liegen – das Gras über einem wiegt sich im Wind – und der Stille lauschen. Kein Gestern kennen, kein Morgen. Die Zeit vergessen, dem Leben vergeben, den Frieden haben. Sie können mir helfen. Sie können für mich die Tore zum Haus des Todes öffnen, denn die Liebe ist mit Ihnen, und die Liebe ist stärker als der Tod.»

Virginia zitterte, und ein kalter Schauer lief ihr über den Rücken. Für einige Augenblicke schwiegen sie beide. Sie glaubte, mitten in einem schrecklichen Traum zu sein.
Dann sprach der Geist wieder, und seine Stimme war wie das Seufzen des Winds.
«Haben Sie je die alte Prophetie auf dem Fenster der Bibliothek gelesen?»
«Oh, schon oft», rief das kleine Mädchen und sah empor. «Ich kann sie schon auswendig. Sie ist mit so seltsamen schwarzen Buchstaben gemalt, und es ist schon etwas schwierig, sie zu lesen. Es sind nur sechs Zeilen:

Wenn einmal ein blondes Kind
Zum Gebet öffnet die Lippen der Sünd;
Wenn aus dürrem Ast die Mandelblüte sprießt,
Ein kleines Kind seine Tränen vergießt,
Dann wird's ruhig werden im Haus und still
Und ewiger Friede für Canterville.

Aber ich weiß nicht, was sie bedeuten.»
«Sie bedeuten», sagte der Geist traurig, «sie bedeuten, daß Sie für mich, für meine Sünden weinen müssen, denn ich habe keine Tränen, daß Sie mit mir für meine Seele beten müssen, denn ich habe keinen Glauben, und dann, wenn Sie immer freundlich und fromm und sanft gewesen sind, wird der Todesengel Erbarmen haben. Sie werden fürchterliche Gestalten in der Dunkelheit sehen, und verwerfliche Stimmen werden in Ihre Ohren flüstern, doch sie werden Ihnen nichts zuleide tun

können, denn gegen die Reinheit eines Kindes vermögen die Mächte der Hölle nichts.»

Virginia gab keine Antwort, und der Geist rang seine Hände in wilder Verzweiflung, während er auf ihren gebeugten blonden Nacken blickte. Plötzlich stand sie auf, bleich im Gesicht und mit seltsamem Glanz in den Augen.

«Ich fürchte mich nicht», sagte sie fest, «und ich werde den Engel bitten, daß er sich Ihrer erbarme.»

Er erhob sich von seinem Stuhl mit einem leisen Schrei der Freude, nahm ihre Hand, beugte sich mit seiner altertümlichen Anmut darüber und küßte sie. Seine Finger waren wie Eis so kalt, und seine Lippen brannten wie Feuer, aber Virginia zögerte nicht, wie er sie durch das dämmerige Zimmer führte. In die verschossenen grünen Wandbehänge waren kleine Jäger gestickt. Sie bliesen auf ihren Hörnern, von denen Quasten baumelten, und winkten ihr mit ihren kleinen Händen zu, doch umzukehren. «Kehr um, kleine Virginia», riefen sie, «kehr um!» Aber der Geist nahm fester ihre kleine Hand, und sie schloß vor ihnen ihre Augen. Schreckliche Tiere mit Eidechsenschwänzen und Glotzaugen blinzelten ihr zu vom geschnitzten Kaminsims und murmelten: «Hüte dich, kleine Virginia, hüte dich! Wir könnten dich nie wiedersehen.» Aber der Geist schritt schneller aus, und Virginia hörte ihnen nicht zu. Als sie das Ende des Zimmers erreicht hatten, blieb er stehen und sprach einige Worte, die sie nicht verstehen konnte. Sie öffnete ihre Augen und sah die Wand langsam zergehen

wie Nebel, und eine große schwarze Höhle tat sich vor ihr auf. Ein bitterkalter Wind umwehte sie, und sie fühlte etwas an ihrem Kleide zerren.
«Geschwind, geschwind», rief der Geist, «oder es ist zu spät»; und einen Augenblick danach hatte sich die Wandtäfelung hinter ihnen geschlossen, und der Gobelinsaal war leer.

6

Ungefähr zehn Minuten später läutete die Glocke zum Tee, und da Virginia nicht herabkam, bat Mrs. Otis einen der Diener, sie zu holen. Nach kurzer Zeit schon kam er zurück und meldete, daß er Miß Virginia nirgends finden könne. Da nun Virginia die Gewohnheit hatte, jeden Abend in den Garten hinauszugehen, um Blumen für den Abendtisch zu pflücken, so ängstigte sich Mrs. Otis kaum. Als es aber sechs Uhr schlug und Virginia sich noch immer nicht eingestellt hatte, wurde sie sehr unruhig und schickte ihre Söhne fort, sie zu suchen, während sie selbst und Mr. Otis jedes Zimmer im Haus durchsuchten. Um halb sieben Uhr kamen die Buben zurück und sagten, daß sie keine Spur von der Schwester gefunden hätten. So bemächtigte sich aller eine große Aufregung, und niemand wußte, was man tun sollte. Da plötzlich erinnerte sich Mr. Otis des Umstandes, daß er vor wenigen Tagen einer Schar Zigeuner erlaubt hatte, im Park zu kampieren. Aus diesem Grunde ging er sofort nach Blackfell Hollow, wo die Zigeuner ihre Zelte aufgeschlagen hatten. Sein Sohn und zwei Knechte der Farm begleiteten ihn. Der kleine Herzog von Cheshire, der außer sich war vor Angst, bat sehr darum, doch mitkommen zu dürfen, aber Mr. Otis erlaubte es nicht, da er fürchtete, es möchte ein Handgemenge geben. Als sie aber den Platz erreichten, fanden sie die Zigeuner nicht mehr vor, und offenbar waren sie plötzlich und in aller Eile aufgebrochen, denn das Feuer brannte immer noch, und einige Teller lagen im Gras. Nachdem Mr. Otis Washington und die zwei Männer fortgeschickt hatte, die umliegenden Bezirke zu durchstreifen, eilte er nach Hause und schickte an sämtliche Polizeistellen der Grafschaft Telegramme, sofort nach einem kleinen Mädchen zu suchen, das von Landstreichern oder Zigeunern geraubt worden sei. Dann befahl er, sein Pferd bereitzustellen, und ritt, nachdem er noch darauf bestanden hatte, daß seine Gemahlin und die Jungen das Abendessen einnehmen sollten, in Begleitung eines Reitknechts Ascot Road hinab. Mr. Otis war jedoch kaum einige Meilen geritten, als er jemanden hinter sich herangaloppieren hörte. Und als er sich umwandte, sah er den kleinen Herzog, rot im Gesicht und ohne Hut, auf seinem Pony ihm nachreiten. «Es tut mir furchtbar leid, Mr. Otis», stieß der Jüngling hervor, «aber ich kann nichts essen, solange Virginia nicht gefunden ist. Bitte, seien Sie mir nicht böse; wenn Sie voriges Jahr unserer Verlobung zugestimmt hätten, dann wäre jetzt die ganze Aufregung nicht. Sie schicken mich nicht zurück, ja? Ich kann nicht zurück! Ich will auch nicht!»

Der Gesandte konnte nicht umhin, über den hübschen jungen Tunichtgut zu lächeln, und war wirklich gerührt von seiner Verehrung für Virginia, so daß er sich nun vom Pferd hinabbeugte, ihn leicht auf die Schulter klopfte und sagte: «Na, Cecil, wenn Sie nicht umkehren wollen, so müssen Sie wohl mit mir kommen; doch in Ascot muß ich für Sie einen Hut beschaffen.»

«Ach, warum sorgen Sie sich um meinen Hut! Ich will Virginia!» rief der kleine Herzog lachend, und so galoppierten sie weiter zur Bahnstation. Dort fragte Mr. Otis den Stationsvorsteher, ob jemand, auf den die Beschreibung Virginias stimmte, im Bahnhof gesehen worden sei; aber er konnte nichts Neues erfahren. Der Stationsvorsteher telegrafierte noch nach den nächstliegenden Stationen und versicherte Mr. Otis, daß genauestens aufgepaßt werde. Nachdem er noch einen Hut für den kleinen Herzog von einem Weißzeughändler, der gerade seinen Laden schließen wollte, gekauft hatte, ritt Mr. Otis nach Bexley, einem kleinen Flecken, der ungefähr vier Meilen entfernt war und, wie man ihm gesagt hatte, ein bekannter Sammelplatz der Zigeuner war, da eine große Gemeindewiese in seiner Nähe lag. Dort nun suchten sie den Landgendarmen auf, aber sie konnten von ihm nichts erfahren; und nachdem sie über die ganze Gemeindewiese geritten waren, drehten sie die Köpfe ihrer Pferde heimwärts und erreichten ungefähr um elf Uhr todmüde und tief bekümmert das Schloß. Am Tor fanden sie Washington und die Zwillinge mit Laternen auf sie warten, da die Straße ziemlich dunkel dalag. Man hatte nicht die leiseste Spur von Virginia gefunden. Die Zigeuner waren auf den Broxley-Wiesen ergriffen worden, aber Virginia war nicht bei ihnen. Sie hatten ihren raschen Aufbruch damit erklärt, daß sie unsprünglich geglaubt hatten, Chorton Fair begänne später, und so seien sie in aller Eile aufgebrochen aus Furcht, zu spät zu kommen. Und sie waren sehr unglücklich darüber, als sie von Virginias spurlosem Verschwinden hörten, waren sie doch Mr. Otis sehr dankbar, daß er ihnen die Erlaubnis gegeben hatte, in seinem Park zu kampieren; ja, vier von ihnen blieben zurück, um bei der Suche behilflich zu sein. Der Karpfenteich war genau durchsucht worden und alles zum Schloß Gehörige durchstreift, aber ohne Ergebnis. So war denn unzweifelhaft Virginia für sie verloren, wenigstens für diese Nacht. In größter Niedergeschlagenheit gingen Mr. Otis und die Jungen aufs Haus zu. Der Reitknecht folgte ihnen mit den beiden Pferden und dem Pony. In der Vorhalle trafen sie auf die aufgeregten Dienstboten, und auf dem Sofa in der Bibliothek lag, vor Schrekken und Angst halb wahnsinnig, die arme Mrs. Otis, der die alte Beschließerin mit Eau de Cologne die Stirn wusch. Mr. Otis bestand nun darauf, daß sie sofort etwas essen müsse, und befahl, ein Abendessen für die ganze Gesellschaft zuzubereiten. Es wurde ein sehr schweigsames Essen, da kaum jemand sprach, ja selbst die Zwillinge waren voller Furcht und wie gebändigt, da sie ihre Schwester sehr lieb hatten. Als sie mit dem Essen fertig waren, befahl Mr. Otis trotz den Einwänden des kleinen

Herzogs allen, zu Bett zu gehen, indem er meinte, daß man in dieser Nacht nichts mehr unternehmen könne und er morgen an Scotland Yard telegrafieren werde, sofort einige Detektive hierherzuschicken. Gerade als sie aus dem Speisezimmer traten, schlug es Mitternacht vom Glockenturm, und als der letzte Schlag erklang, hörten sie ein Krachen und einen plötzlichen schrillen Schrei. Ein heftiger Donnerschlag erschütterte das ganze Haus, leise, unirdische Musik erklang, ein Stück der Wandtäfelung am oberen Ende der Treppe flog mit lautem Geräusch zurück – und heraus trat, ganz fahl und weiß im Gesicht, Virginia mit einem kleinen Behälter in den Händen. Im selben Augenblick waren sie alle bei ihr oben. Mrs. Otis schloß sie leidenschaftlich in die Arme, der Herzog bedeckte sie mit heftigen Küssen, und die Zwillinge führten einen wilden Kriegstanz um die Gruppe auf.

«Großer Gott, Kind, wo bist du gewesen?» fragte Mr. Otis ziemlich ärgerlich, dachte er doch, sie hätte sich einen schlechten Scherz mit ihnen erlaubt. «Cecil und ich sind durchs ganze Land geritten und haben dich gesucht, und deine Mutter war vor Schrecken außer sich. Du darfst nie wieder einen solchen Scherz mit uns treiben.»

«Aber mit dem Geist! Aber mit dem Geist!» schrien die Zwillinge, während sie um die Gruppe herumhüpften.

«Gott sei Dank, daß du wieder da bist, mein Liebling; ich laß dich nie wieder fort», sagte Mrs. Otis leise, wie sie das zitternde Kind küßte, und strich Virginias zerzaustes Goldhaar glatt.

«Papa», sagte Virginia ruhig, «ich war beim Geist. Er ist nun tot, und du mußt mit mir kommen und ihn anschauen. Er ist zwar einmal sehr böse gewesen, aber es hat ihm wirklich leid getan, was er alles verbrochen hat. Und kurz bevor er gestorben ist, hat er mir dieses Schächtelchen voll wunderschöner Juwelen geschenkt.»
Die ganze Familie starrte sie in stummer Verwunderung an. Aber was Virginia gesagt hatte, war ihr voller Ernst; sie drehte sich um und führte sie durch die Öffnung in der Wandtäfelung einen geheimen engen Gang entlang, und Washington folgte mit einer brennenden Kerze, die er schnell vom Tisch genommen hatte. Schließlich kamen sie zu einer großen eichenen Tür, die mit rostigen Nägeln beschlagen war. Als Virginia sie berührte, schwang sie in den schweren Angeln zurück, und sie alle befanden sich in einem kleinen niedrigen Raum mit einer gewölbten Decke und einem schmalen vergitterten Fenster. In die Wand war ein riesiger eiserner Ring eingelassen, und daran war ein elendes Gerippe gekettet, das der ganzen Länge nach auf dem Steinboden ausgestreckt lag und mit den langen fleischlosen Fingern nach einem altertümlichen Teller und einer Wasserkanne, die gerade außerhalb der Reichweite niedergestellt waren, zu langen versuchte. Der Krug war offensichtlich einmal mit Wasser gefüllt gewesen, da er innen mit grünen Flecken überzogen war. Auf dem Teller war nichts als ein Häufchen Staub. Virginia kniete an der Seite des Gerippes nieder, faltete ihre kleinen Hände und fing still zu beten an, während die anderen alle voll

Staunen auf diese schreckliche Tragödie starrten, deren Geheimnis sich ihnen aufgedeckt hatte.
«Hallo!» rief plötzlich einer der Zwillinge, der aus dem Fenster schaute, um festzustellen, in welchem Flügel des Hauses sich dieser Raum befand. «Sieh doch! Der alte dürre Mandelbaum hat Blüten. Ich kann sie ganz genau sehen im Mondlicht.»
«Gott hat ihm vergeben», sagte Virginia ernst, und sie stand auf, und ein herrlicher Glanz schien ihr Antlitz zu erhellen.
«Was für ein Engel du bist!» rief der junge Herzog, legte seine Arme um sie und küßte sie.

7

Vier Tage nach diesen merkwürdigen Ereignissen ging nachts gegen elf Uhr eine Begräbnisprozession von Canterville Chase weg. Der Leichenwagen wurde von acht Rappen gezogen, deren Köpfe mit einem großen Buschen nickender Straußenfedern geschmückt waren, und über dem Metallsarg lag ein reiches purpurnes Bahrtuch mit dem in Gold gestickten Wappen der Cantervilles. Zu beiden Seiten des Leichenwagens und der Kutschen schritten die Diener mit brennenden Fackeln, und alles in allem war es eine großartige Prozession. Lord Canterville war der Hauptleidtragende, und so war er eigens von Wales herübergekommen, um beim Begräbnis dabei zu sein. Er saß in der ersten Kutsche mit der kleinen Virginia. Dann kamen der Gesandte der Vereinigten Staaten und seine Frau

Gemahlin, dann Washington und die anderen drei Jungen, und in der letzten Kutsche saß Mrs. Umney. Alle waren sich einig gewesen darin, daß Mrs. Umney, nachdem sie mehr als fünfzig Jahre ihres Lebens hindurch vom Geist erschreckt und geängstigt worden war, ein Recht darauf hatte, ihn auf seinem letzten Weg zu begleiten. Ein tiefes Grab war ausgeschaufelt worden, gerade unter der uralten Eibe in der einen Ecke des Kirchhofs, und die Grabfeierlichkeiten vollzog in sehr eindrucksvoller Weise Reverend Augustus Dampier. Als dann die Zeremonie vorüber war, löschten die Diener nach altem Familienbrauch der Cantervilles ihre Fakkeln, und kurz bevor man den Sarg in die Tiefe senkte, schritt Virginia ans Grab und legte ein großes Kreuz aus weißen und rosafarbenen Mandelblüten auf den Sarg. Während sie dies tat, kam der Mond hinter einer Wolke hervor und überflutete mit seinem stillen Silberlicht den kleinen Friedhof, und in einem entfernten Gebüsch fing eine Nachtigall zu singen an. Virginia dachte dabei an Sir Simons Beschreibung des Gartens des Todes, und ihre Augen füllten sich mit Tränen. Auf dem Nachhauseweg sprach sie kaum ein Wort.

Am anderen Morgen, bevor Lord Canterville zur Stadt fuhr, hatte Mr. Otis eine Unterredung mit ihm, die die Schmuckstücke betraf, welche der Geist Virginia gegeben hatte. Sie waren nämlich ausgesucht herrlich, besonders eine *Rubinkette*, eine alte venezianische Arbeit, die in der Tat ein hervorragendes Musterstück aus dem 16. Jahrhundert war, und insgesamt stellten die Schmuckstük-

ke einen so hohen Wert dar, daß Mr. Otis beträchtliche Bedenken hatte, seiner Tochter zu erlauben, sie anzunehmen.
«Mylord», sagte er, «ich weiß, daß man in diesem Land Schmucksachen genau wie Ländereien als unveräußerliches Gut betrachtet, und es ist mir vollkommen klar, daß diese Geschmeide unveräußerliche Erbstücke sind oder sein sollten. So muß ich Sie nun bitten, diese Schmuckstücke mit nach London zu nehmen und sie ganz einfach als einen Teil Ihres Besitzes zu betrachten, der unter seltsamen Umständen zum Vorschein gekommen ist und Ihnen nun übergeben wird. Was meine Tochter betrifft, so ist sie doch noch ein Kind und hat bis jetzt, ich sage das mit einiger Freude, nur wenig Interesse an solchen überflüssigen und luxuriösen Gütern. Auch hat meine Frau, die, wie ich sagen darf, keine geringe Autorität in Kunstdingen ist – hatte sie doch als junges Mädchen den Vorzug, mehrere Jahre in Boston zu verbringen –, festgestellt, daß diese Schmuckstücke hier großen Geldwert besitzen und, falls man sie zum Kaufe anbieten wollte, einen ungeheuren Preis erzielen dürften. Unter solchen Umständen, Lord Canterville, weiß ich gewiß, daß Sie einsehen werden, wie unmöglich es ist zu erlauben, daß irgendein Mitglied meiner Familie im Besitz dieser Schmuckstücke verbleibe; auch würde solch Flitter und Spielzeug, so passend oder notwendig sie für die Würde der britischen Aristokratie sind, bei jenen Personen völlig am falschen Platze sein, die nach den strengen und, wie ich glaube, unsterblichen Prinzipien republikani-

scher Einfachheit erzogen worden sind. Vielleicht muß ich noch erwähnen, daß Virginia sehr darum bittet, Sie möchten ihr die Erlaubnis geben, das Behältnis als Erinnerung an Ihren unglücklichen, irregeleiteten Vorfahren behalten zu dürfen. Da es schon ziemlich alt ist und deshalb auch sehr reparaturbedürftig, werden Sie es vielleicht in Ordnung finden, ihrer Bitte zu willfahren. Für mein Teil allerdings muß ich bekennen, daß ich ziemlich überrascht bin, eines meiner Kinder so sehr von Mittelalterlichem in jeglicher Form eingenommen zu sehen. Ich kann das wohl nur durch die Tatsache erklären, daß Virginia in einer der Vorstädte Londons geboren wurde, nachdem meine Frau kaum von einer Reise nach Athen zurückgekehrt war.»

Lord Canterville hörte mit ernster Miene der Rede des ehrenwerten Gesandten zu, zupfte nur hin und wieder an seinem grauen Schnurrbart, um ein unfreiwilliges Lächeln zu verbergen, und als Mr. Otis fertig war, schüttelte er herzlich seine Hand und sagte: «Mein lieber Herr, Ihre liebe kleine Tochter erwies meinem unglücklichen Vorfahren Sir Simon einen sehr wichtigen Dienst, und ich und meine Familie sind ihr sehr viel schuldig ihres großen Mutes und ihrer Beherztheit wegen. Der Schmuck gehört ohne Zweifel ihr, und ich glaube ganz sicher, daß der bösartige alte Kerl in kaum zwei Wochen wieder aus seinem Grabe käme und ich die Hölle auf Erden hätte. Was die Schmucksachen als unveräußerliche Erbstücke betrifft, so muß ich Ihnen sagen, daß nichts ein Erbstück ist, das nicht in einem Testament oder sonst einem

rechtskräftigen Dokument als solches gekennzeichnet ist. Und bis jetzt war von der Existenz dieser Juwelen nichts bekannt. Ich versichere Ihnen, daß ich genauso wenig ein Recht auf sie beanspruchen kann wie Ihr Diener, und wenn Virginia einmal groß sein wird, dann wird sie, ich wage es zu sagen, gewiß Gefallen daran finden, solche hübschen Dinge zu tragen. Außerdem vergaßen Sie, Mr. Otis, daß Sie Einrichtung mitsamt Gespenst zur selben Veranschlagung nahmen, und alles, was im Besitze des Geistes war, ging damals als Ihr Besitz auf Sie über, und in puncto Gesetz war er wirklich tot, was immer für eine Aktivität Sir Simon auch zur Nachtzeit auf den Gängen entfalten mochte, und Sie erwarben durch Kauf sein Eigentum mit.»
Mr. Otis war ziemlich unglücklich über Lord Cantervilles Weigerung und bat ihn, doch seinen Entschluß nochmals zu überlegen; aber der gute Edelmann war eisern und brachte schließlich den Gesandten dazu, seiner Tochter zu erlauben, das Geschenk, das ihr der Geist gegeben, zu behalten. – Als im Frühling des Jahres 1890 die junge Herzogin von Cheshire aus Anlaß ihrer Hochzeit beim ersten Empfang, den die Königin gab, vorgestellt wurde, war ihr Schmuck der Gegenstand allgemeiner Bewunderung. Denn Virginia erhielt die Herzoginkrone, die der Lohn aller guten kleinen amerikanischen Mädchen ist, und heiratete ihren einstigen kleinen Verehrer, sobald er volljährig geworden war. Beide waren so bezaubernd und liebten einander so sehr, daß jeder an diesem Paare seine Freude hatte, ausgenommen die alte Marquise von Dum-

bleton, die versucht hatte, den Herzog für eine ihrer sieben unverheirateten Töchter zu gewinnen und aus diesem Grunde nicht weniger als drei teure Abendgesellschaften gegeben hatte; und ebensowenig einverstanden, kaum glaublich, war Mr. Otis selbst. Persönlich liebte Mr. Otis den jungen Herzog sehr, aber er hatte etwas gegen seinen Titel, theoretisch zumindest, und, um seine eigenen Worte zu gebrauchen, war er «nicht ohne die Befürchtung, daß inmitten der schädlichen Einflüsse einer vergnügungssüchtigen Aristokratie die wahren Prinzipien republikanischer Einfachheit in Vergessenheit gerieten». Seine Einwände wurden jedoch zurückgewiesen, und ich glaube, daß, als er das Kirchenschiff von St. George, Hanover Square, mit seiner Tochter am Arm hinabschritt, kein Mann in ganz England stolzer gewesen ist als er.

Der Herzog und die Herzogin fuhren, nachdem ihre Flitterwochen vorbei waren, nach Canterville Chase, und am Tage nach ihrer Ankunft gingen sie am Nachmittag den einsamen Friedhof am Tannenwäldchen besuchen. Man hatte erst sehr viel hin und her geraten, welche Inschrift man in Sir Simons Grabstein meißeln sollte, aber schließlich hatte man sich geeinigt und beschlossen, einfach nur die Anfangsbuchstaben von des alten Edelmanns Namen einmeißeln zu lassen und dazu den Vers vom Fenster der Bibliothek. Die Herzogin hatte hübsche Rosen mitgebracht, die sie übers Grab streute, und nachdem sie dort einige Zeit verweilt hatten, schlenderten sie hinüber zur alten, zerfallenden Abtei. Dort setzte sich die Herzogin auf eine gestürzte

Säule nieder, während ihr Gemahl, eine Zigarette rauchend, zu ihren Füßen lag und in ihre wunderschönen blauen Augen sah. Plötzlich warf er seine Zigarette fort, nahm ihre Hand und sagte zu ihr: «Virginia, eine Frau soll nie Geheimnisse vor ihrem Mann haben.»

«Lieber Cecil! Ich habe keine Geheimnisse vor dir.»

«O doch, du hast Geheimnisse», antwortete er lächelnd, «du hast mir nie erzählt, was damals geschehen ist, als du mit dem Geist eingeschlossen gewesen bist.»

«Das habe ich doch niemandem erzählt», sagte Virginia ernst.

«Ich weiß; aber du könntest es mir erzählen.»

«Bitte, Cecil, frag mich nicht. Ich kann es dir nicht sagen. Armer Sir Simon! Ich bin ihm viel schuldig. Ja, lache nur, Cecil, es ist wirklich so. Erst durch ihn habe ich erfahren, was das Leben ist und der Tod und warum Liebe stärker ist als die beiden.»

Der Herzog erhob sich und küßte seine Frau zärtlich.

«Du kannst dein Geheimnis so lange behalten, wie ich nur dein Herz habe, Virginia», flüsterte er.

«Du hast es immer besessen, Cecil.»

«Und du wirst es einmal unseren Kindern erzählen, nicht?»

Und Virginia errötete.

Der glückliche Prinz

Auf einem schlanken Sockel, hoch über der Stadt, stand der glückliche Prinz. Sein Leib war mit feinem glänzendem Gold überzogen; seine Augen waren zwei helle Saphire, und an seinem Degengriff glühte ein großer blutroter Rubin.

Alle Leute bewunderten ihn sehr, und ein Ratsherr, der in den Ruf eines Kunstkenners kommen wollte, meinte: «Er ist so schön wie ein Wetterhahn, nur nicht ganz so nützlich» – das aber fügte er hinzu, weil die Leute sonst hätten glauben mögen, er sei unpraktisch, was er wirklich nicht war.

Und eine sehr gescheite Mutter sagte zu ihrem kleinen Sohn, der weinte, weil er den Mond haben wollte: «Warum kannst du nicht sein wie der glückliche Prinz? Der glückliche Prinz denkt gar nicht daran zu weinen, wenn er etwas haben will.»

Und ein enttäuschter Mann sagte leise, als er die

wundervolle Statue sah: «Wenigstens einer in der Welt, der ganz und gar glücklich ist.»
Als aber die Waisenkinder in ihren hellroten Mänteln und sauberen weißen Schürzen aus der Kathedrale kamen, riefen sie: «Er ist genau wie ein Engel.»
«Woher wißt ihr das?» fragte ihr Mathematiklehrer. «Ihr habt noch nie Engel gesehen.»
Und die Kinder erwiderten schnell: «O freilich. Im Traum haben wir sie gesehn.» Und der Mathematiklehrer runzelte die Stirn und blickte sie sehr streng an; denn er wollte es nicht billigen, daß Kinder träumen.
In einer Nacht aber flog eine zierliche Schwalbe über die Stadt. Schon vor sechs Wochen hatten ihre Freunde sie verlassen, nur sie allein war zurückgeblieben, weil sie das wunderschöne Schilfrohr so liebte. Im Frühjahr war sie ihm begegnet, als sie hinter einem großen gelben Schmetterling her den Strom hinabflog. Und so sehr bezauberte sie die schlanke Gestalt des Schilfrohrs, daß sie innehielt in ihrem Flug und mit ihm plauderte.
«Soll ich dich lieben?» sagte die Schwalbe, der es gefiel, gleich auszusprechen, was sie bewegte; und das Schilfrohr verbeugte sich tief vor ihr. So umkreiste sie denn das schwankende Rohr und berührte das Wasser des Flusses mit den Spitzen ihrer Flügel, daß es sich zu silbernen Kreisen wellte. Dies war ihr Liebesspiel, und es währte den vollen Sommer über.
«Ein lächerliches Verhältnis», zwitscherten die andern Schwalben, «das Schilfrohr hat kein Geld,

dafür viel zuviel Verwandte.» Die Ufer waren auch wirklich dicht mit Schilf bewachsen. Und als dann der Herbst kam, flogen die anderen Schwalben alle fort.

Die Zurückgebliebene fühlte sich einsam, und allmählich wurde sie des geliebten Schilfrohrs überdrüssig. «Es spricht nichts», sagte sie, «und ich fürchte, es ist gefallsüchtig; denn immer kokettiert es mit dem Wind.» Und tatsächlich, es verneigte sich stets sehr anmutig, wann immer der Wind vorüberstrich. «Ich gebe ja zu, daß es seßhaft ist», fuhr die Schwalbe fort, «aber ich liebe das Wandern, und deshalb muß meine Frau es ebenso lieben.»

«Willst du nicht mit mir kommen?» fragte sie endlich; aber das Schilfrohr schüttelte den Kopf. Es war ja allzu fest mit seinem Zuhause verbunden.

«Oh», rief die Schwalbe enttäuscht, «du hast nur gescherzt mit mir! Ich fliege zu den Pyramiden. Leb wohl!»

Die Schwalbe flog den ganzen Tag und kam am Abend in die Stadt. Wo soll ich übernachten? dachte sie. Ich will doch hoffen, daß die Stadt dafür gesorgt hat.

Da erblickte sie die Statue auf dem schlanken Sockel. «Dort will ich übernachten», rief sie, «das ist ein herrlicher Ort mit viel frischer Luft.» Darauf ließ sie sich gerade zwischen den Füßen des glücklichen Prinzen nieder.

Ich habe ein goldenes Schlafgemach, sagte die Schwalbe staunend zu sich selbst. Sie sah sich um und bereitete sich zum Schlafen vor; aber gerade, als sie ihr Köpfchen unter den Flügel stecken wollte, fiel ein großer Wassertropfen auf sie. «Gott, wie seltsam!» rief sie. «Nicht eine einzige Wolke ist am Himmel, die Sterne sind hell und klar, und trotzdem regnet es. Schrecklich ist das Klima hier im Norden Europas. Das Schilfrohr allerdings liebt den Regen; aber das macht wohl seine Selbstsucht.»

Da fiel ein zweiter Tropfen.

«Wozu ist denn eine Statue nütze, wenn sie nicht den Regen abhalten kann?» sagte sie. «Ich werde mich wohl doch nach einem guten Schornstein umsehen müssen.» Und die Schwalbe beschloß fortzufliegen.

Aber noch ehe sie die Flügel öffnen konnte, fiel ein dritter Tropfen. Da blickte sie empor und sah – oh, was sah sie dort?

Die Augen des glücklichen Prinzen waren mit Tränen gefüllt, und Tränen rannen über die goldnen Wangen und tropften herab. Und im Mondlicht war sein Antlitz so schön, daß die Schwalbe tiefes Mitleid empfand.

«Wer bist du?» fragte sie.

«Ich bin der glückliche Prinz.»

«Warum weinst du dann?» fragte die Schwalbe. «Ich bin ganz naß von deinen Tränen.»

«Damals, als ich noch lebte und ein schlagendes Herz hatte», antwortete die Statue, «wußte ich nicht, was Tränen sind, denn ich lebte im Palast von Sanssouci, den die Sorge nicht betreten darf. Tagsüber spielte ich mit meinen Gefährten im Garten, und am Abend führte ich den Tanz an im

Großen Saal. Um den Garten zog sich eine hohe Mauer, aber niemals fragte ich, was jenseits liege; war doch alles um mich so schön. Die Höflinge nannten mich ‹glücklicher Prinz›, und ich war auch glücklich, wenn das Vergnügen Glück ist. So lebte ich, und so starb ich auch. Und als ich tot war, stellten sie mich hier so hoch herauf, daß ich alle Häßlichkeit und alles Elend meiner Stadt sehen muß. Und nichts bleibt mir, als zu weinen, wenngleich mein Herz von Blei ist.»

Was, er ist nicht ganz aus Gold? dachte die Schwalbe, war aber doch höflich genug, diesen Gedanken nicht auszusprechen.

«Weit von hier», fuhr die Statue mit leiser Stimme fort, «weit von hier steht ein ärmliches Haus in einer schmalen Straße. Eines der Fenster ist offen, und so kann ich eine Frau an einem Tisch sitzen sehn. Ihr Gesicht ist hager und verhärmt, und sie hat rauhe rote Hände, von den Nadeln zerstochen; sie ist eine Näherin. Sie stickt Passionsblumen in die Seidenrobe, welche die lieblichste von den Ehrendamen der Königin auf dem nächsten Hofball tragen wird. In einer Ecke liegt ihr kleiner Sohn krank im Bett. Er hat Fieber und verlangt nach Orangen. Seine Mutter aber hat nichts für ihn als Wasser vom Fluß. Deshalb weint er. Schwalbe, Schwalbe, kleine Schwalbe, willst du ihr nicht den Rubin bringen von meinem Degengriff? Ich kann es nicht selber tun. Meine Füße sind festgeschmiedet an die Säule.»

«Man erwartet mich in Ägypten», sagte die Schwalbe. «Meine Freunde fliegen am Nil und reden mit den großen Lotosblüten. Bald werden sie im Grabe des erhabnen Königs schlafen gehn. Der König ruht dort in seinem bemalten Sarg. In gelbes Linnen ist er gewickelt und mit Spezereien einbalsamiert. Um seinen Hals liegt eine Kette aus blaßgrüner Jade, und seine Hände sind wie welke Blätter.»

«Schwalbe, Schwalbe, kleine Schwalbe», sagte der Prinz, «willst du nicht eine Nacht noch bei mir bleiben und mein Bote sein? Das Kind dürstet so sehr, und die Mutter ist so traurig.»

«Ich glaube nicht, daß ich Knaben liebe», antwortete die Schwalbe. «Als ich am Strom war letzten Sommer, warfen zwei rohe Buben, eines Müllers Söhne, immer mit Steinen nach mir. Natürlich trafen sie mich nicht; wir Schwalben fliegen zu gut, auch komme ich aus einer Familie, die ihrer Behendigkeit wegen berühmt ist; doch – es war ein Zeichen von Respektlosigkeit.»

Aber der glückliche Prinz blickte so traurig, daß er der kleinen Schwalbe leid tat. «Es ist sehr kalt hier», sagte sie; «doch will ich eine Nacht bei dir bleiben und dein Bote sein.»

«Ich danke dir, kleine Schwalbe», sagte der Prinz.

Und die Schwalbe nahm den großen Rubin aus des Prinzen Degen und flog mit ihm über die Dächer der Stadt.

Sie flog am Turm der Kathedrale vorbei, dort, wo die weißen Marmorengel stehen. Sie kam am Palast vorbei und hörte den Klang der Musik. Ein schönes Mädchen trat mit ihrem Geliebten auf den Balkon. «Wie wundervoll die Sterne sind», sagte er, «und wie wundervoll die Macht der Liebe!» – «Ich hoffe», sagte sie, «daß mein Kleid rechtzeitig fertig wird für den Hofball. Ich habe befohlen, Passionsblumen hineinzusticken; aber die Näherinnen sind so faul.»

Die Schwalbe überquerte den Fluß, wo die Laternen an den Masten der Schiffe schaukelten. Sie flog übers Ghetto und sah die alten Juden miteinander handeln und Geld in kupfernen Schalen wiegen. Und dann endlich kam sie zu dem ärmlichen Haus und blickte hinein. Der Knabe wälzte sich fiebernd im Bett, und die Mutter war eingeschlafen, so müde war sie. Da flog die Schwalbe in das Zimmer und legte den großen Rubin auf den Tisch neben den Fingerhut der Frau. Dann fächelte sie, leicht über dem Bett schwebend, die Stirn des Kindes mit ihren Flügeln. «Wie wohl das tut», flüsterte der Knabe, «vielleicht wird mir besser», und sank in köstlichen Schlummer.

Die Schwalbe kehrte zum glücklichen Prinzen zurück und erzählte, was sie getan hatte. «Es ist seltsam», meinte sie, «aber ich fühle mich ganz warm, obgleich es doch so kalt ist.»

«Oh! Das kommt von deiner guten Tat», sagte der Prinz. Und die kleine Schwalbe fing zu denken an – und schlief ein. Denken machte sie immer so schläfrig.

Als der Tag anbrach, flog sie zum Fluß und badete. «Welch bemerkenswertes Ereignis», sagte der Professor der Ornithologie, als er über die Brücke ging. «Eine Schwalbe mitten im Winter!» Darüber schrieb er einen langen Artikel für die Lokalzei-

tung, den jedermann zitierte; er war aber auch voll von Wörtern, die niemand verstand.
«Heute abend fliege ich nach Ägypten», sagte die Schwalbe und war sehr fröhlich bei diesem Gedanken. Sie besuchte noch alle öffentlichen Gebäude und Gedenksteine der Stadt und saß lange Zeit auf der Spitze des Kirchturms. Und wohin sie auch kam, piepsten die Sperlinge und meinten zueinander: «Was für ein vornehmer Fremder!» So hatte die Schwalbe sehr viel Vergnügen an sich selber.
Als der Mond aufstieg, kam sie wieder zum Glücklichen Prinzen. «Hast du nichts zu bestellen für Ägypten?» fragte sie. «Ich reise ab!»
«Ach Schwalbe, Schwalbe, kleine Schwalbe», sagte der Prinz, «willst du nicht noch eine Nacht bei mir bleiben?»
«Man erwartet mich in Ägypten», antwortete die Schwalbe. «Morgen fliegen meine Freunde zum zweiten Katarakt. Dort liegt das Nilpferd im Schilf, und auf hohem granitnem Thron sitzt Gott Memnon. Jede Nacht betrachtet er die Gestirne, und erscheint der Morgenstern, so stößt er einen Schrei der Freude aus; dann schweigt er wieder. Zum Mittag kommen die gelben Löwen an den Ufersaum des Flusses und trinken. Sie haben Augen von grünem Beryll, und ihr Gebrüll ist lauter als das Brüllen des Katarakts.»
«Schwalbe, Schwalbe, kleine Schwalbe», sagte der Prinz, «weit weg am andern Ende der Stadt seh ich einen jungen Mann in der Mansarde. Er beugt sich über seinen Tisch, der mit Schreibpapier bedeckt ist; und im Wasserglas neben ihm welkt ein Veil-

chenstrauß. Sein Haar ist braun und gelockt, seine Lippen sind rot wie ein Granat und seine Augen groß und verträumt. Er will ein Schauspiel für den Theaterdirektor vollenden; aber ihn friert so sehr, daß er nicht mehr schreiben kann. Kein Feuer ist mehr im Ofen, und ihn hungert.»

«Ich will noch eine Nacht bei dir bleiben», sagte die Schwalbe, die wirklich ein gutes Herz hatte. «Soll ich ihm auch einen Rubin bringen?»

«O Gott, ich habe keinen Rubin mehr», sagte der Prinz, «nur meine Augen sind mir noch geblieben. Sie sind aus seltenen Saphiren gemacht, die vor tausend Jahren aus Indien kamen. Brich ein Auge heraus und bring ihm den Stein. Er wird ihn zum Juwelier tragen und sich Nahrung und Schürholz kaufen und sein Schauspiel vollenden.»

«Ach, lieber Prinz, ich kann es nicht tun», sagte die Schwalbe und begann zu weinen.

«Schwalbe, Schwalbe, kleine Schwalbe», bat der Prinz, «tu das, worum ich dich bitte.»

So nahm die Schwalbe des Prinzen Auge und flog zur Mansarde des jungen Dichters. Leicht war es hineinzukommen, denn das Dach hatte ein Loch. Sie schlüpfte durch und kam in das Zimmer. Der Jüngling hatte den Kopf in den Händen vergraben, so daß er das Flattern der Flügel nicht hörte; erst als er aufblickte, fand er den wundervollen Saphir auf den verwelkten Veilchen.

«Man fängt an, mich zu schätzen», rief er. «Sicher stammt der Stein von einem meiner Bewunderer! Ich kann das Schauspiel vollenden!» Und seine Augen strahlten.

Am nächsten Tag flog die Schwalbe zum Hafen hinunter. Sie setzte sich auf den Mast eines großen Schiffes und schaute den Seeleuten zu, wie sie mit Seilen schwere Kisten aus dem Laderaum hievten. «Hiev, ahoi!» schrien sie bei jeder Kiste, die emporkam. «Ich geh' nach Ägypten», rief die Schwalbe; aber niemand kümmerte sich darum, und als der Mond aufging, kehrte sie zum glücklichen Prinzen zurück.
«Ich bin gekommen, um dir Lebewohl zu sagen», rief sie.
«O Schwalbe, Schwalbe, kleine Schwalbe», sagte der Prinz, «willst du nicht noch eine Nacht bei mir bleiben?»
«Es ist Winter», entgegnete die Schwalbe, «und der frostige Schnee wird bald fallen; in Ägypten steht die Sonne warm über den grünen Palmen, und im Schlamm liegen die Krokodile und blinzeln faul hervor. Meine Gefährten bauen schon Nester im Tempel zu Baalbek; die blaßroten und weißen Tauben schauen zu und gurren. Lieber Prinz, ich muß dich verlassen, aber niemals will ich dich vergessen, und im nächsten Frühjahr bring ich dir zwei herrliche Steine für die, welche du weggegeben hast. Der Rubin wird roter sein als die roteste Rose und der Saphir so blau wie das große Meer.»
«Auf dem Platz zu unsern Füßen», sagte da der glückliche Prinz, «steht ein Zündholzmädchen. Sie ließ ihre Hölzchen in den Rinnstein fallen; nun sind sie verdorben. Ihr Vater wird sie schlagen, wenn sie ohne Geld heimkommt; und sie weint. Sie hat keine Schuhe, keine Strümpfe, und ihr Kopf ist unbe-

deckt. So brich mir das andere Auge aus, Schwalbe, und gib es ihr, damit sie heimgehen kann und nicht geschlagen wird.»

«Ich bleibe noch diese eine Nacht bei dir», erwiderte die Schwalbe, «aber ich kann dir dein Auge nicht nehmen; du wärest ja dann blind!»

«Schwalbe, Schwalbe, kleine Schwalbe», sagte der Prinz, «tu, wie ich dir sage.»

So brach sie auch das andere Auge des Prinzen aus und flog mit ihm zu dem Mädchen. Sie schoß an ihm vorbei und ließ den Edelstein in die Hand des Mädchens fallen. «Was für ein hübsches Stück Glas», rief das Mädchen, und lachend lief es nach Haus.

Und wieder kehrte die Schwalbe zum Prinzen zurück. «Nun bist du blind», sagte sie. «Nun will ich immer bei dir bleiben.»

«Nein, kleine Schwalbe», erwiderte der arme Prinz, «du mußt nun nach Ägypten fliegen.»

«Ich werde immer bei dir bleiben», sagte die Schwalbe und schlief zu seinen Füßen ein.

Den ganzen folgenden Tag über saß sie auf des Prinzen Schulter und erzählte ihm, was sie gesehn in fernen Ländern. Sie erzählte von den roten Ibissen, die in langen Reihen an den Ufern des Nils stehen und mit ihren Schnäbeln Goldfische fangen; sie erzählte von der Sphinx, die so alt ist wie die Welt und in der Wüste lebt und alles weiß; sie erzählte von den Kaufleuten, die langsam an der Seite ihrer Kamele schreiten und in ihren Händen Perlenschnüre aus Bernstein tragen; und sie erzählte vom König des Mondgebirgs, der schwarz ist wie

Ebenholz und den großen Kristall anbetet, und von der grünen, riesigen Schlange, die in der Palme schläft und von zwanzig Priestern mit Honigkuchen gespeist wird; und zuletzt erzählte sie von den Pygmäen, die über den großen See auf breiten, flachen Blättern segeln und immer mit den Schmetterlingen im Kriege sind.

«Liebe kleine Schwalbe», sagte der Prinz, «du erzählst mir von unglaublichen Dingen; aber unglaublicher als alles in der Welt sind die Leiden von Männern und Frauen. Das Mysterium der Armut ist das tiefste von allen. Flieg über meine Stadt, kleine Schwalbe, und sag mir, was du dort siehst.»

So flog denn die Schwalbe über die weite Stadt und sah, wie die Reichen sich vergnügten in ihren Häusern, indes die Bettler vor den Toren saßen. Sie flog in dunkle Gassen und sah die weißen Gesichter hungernder Kinder, die teilnahmslos in die schwarzen Häuserschluchten blickten. Unter einem Brükkenbogen lagen zwei Knaben einander in den Armen, um sich zu wärmen. «Wir haben so Hunger!» riefen sie, aber der Nachtwächter schrie: «Ihr sollt hier nicht liegen!» und sie liefen hinaus in den Regen.

Dann kehrte sie zurück und erzählte dem Prinzen, was sie gesehn.

«Ich bin bedeckt mit glänzendem Gold», sagte der Prinz, «du mußt es ablösen, Blatt für Blatt, und es den Armen geben. Alle Lebenden glauben, daß Gold sie glücklich machen kann.»

Blatt um Blatt des glänzenden Metalls brach die Schwalbe los, bis der glückliche Prinz nackt und grau war, und Blatt um Blatt trug sie fort zu den Armen; der Kinder Gesichter wurden rotwangig, und sie lachten beim Spiel in den Straßen und riefen: «Endlich haben wir Brot!»

Dann fiel der erste Schnee, und nach dem Schnee kam der erste Frost. Die Straßen schienen von Silber gemacht, so glitzerten sie. Lange Eiszapfen hingen wie kristallne Dolche von den Dachtraufen der Häuser, jedermann ging im Pelz aus, und die Knaben trugen scharlachrote Mützen und liefen Schlittschuh.

Die arme kleine Schwalbe fror und fror immer mehr, aber sie wollte den Prinzen nicht allein lassen; sie liebte ihn zu sehr. Sie pickte schnell Brotkrümel vor des Bäckers Tür, wenn der Bäcker nicht achtgab, und schlug mit den Flügeln, um sich zu erwärmen.

Aber zuletzt wußte sie doch, daß sie sterben mußte. Sie hatte nur noch die Kraft, um noch einmal auf die Schulter des Prinzen zu fliegen. «Leb wohl, lieber Prinz», flüsterte sie, «laß mich deine Hand küssen.»

«Ich bin froh, daß du endlich nach Ägypten fliegst, kleine Schwalbe», sagte der Prinz, «du bliebst zu lange hier; aber küß meine Lippen, denn ich liebe dich.»

«Ich gehe nicht nach Ägypten», sagte die Schwalbe. «Ich gehe zum Hause des Todes. Der Tod ist der Bruder des Schlafes, nicht?»

Und sie küßte die Lippen des glücklichen Prinzen und fiel tot zu seinen Füßen nieder.

Im selben Augenblick knackte es seltsam in der

Statue, als wäre etwas entzweigebrochen. Das bleierne Herz war zersprungen. Ja, es war ein schrecklich strenger Winter!
Früh am nächsten Morgen spazierte der Bürgermeister in Begleitung seiner Ratsherren über den Platz zu Füßen des glücklichen Prinzen. Als sie an der Statue vorbeikamen, blickte der Bürgermeister empor und sagte: «Du lieber Himmel, ist der glückliche Prinz armselig geworden!»
«Oh, so armselig, ja!» riefen die Ratsherren, die immer der Meinung des Bürgermeisters waren, und stiegen hinauf, um die Statue näher zu betrachten.
«Der Rubin ist aus seinem Schwert gefallen, seine Augen sind weg, und golden ist er auch nicht mehr», sagte der Bürgermeister. «Meine Herren, er sieht kaum besser aus als ein Bettler!»
«Kaum besser als ein Bettler», echoten die Ratsherren.
«Und hier liegt doch tatsächlich ein toter Vogel zu seinen Füßen!» fuhr der Bürgermeister fort. «Wir müssen sofort eine Verfügung erlassen, daß es den Vögeln verboten ist, hier zu sterben.» Und der Ratsschreiber notierte dies.
So zerrten sie denn die Statue des glücklichen Prinzen von ihrem Sockel. «Da sie nicht mehr schön ist, ist sie auch nicht mehr zweckdienlich», sagte der Professor der Kunstgeschichte an der Universität.
Darauf ließen sie die Statue in einem Ofen schmelzen, und der Bürgermeister berief den Rat zu sich, um zu entscheiden, was mit dem Metall geschehen

solle. «Natürlich müssen wir eine neue Statue haben», sagte er, «und es soll die Statue von mir selber sein.»
«Von mir selber sein», sagte jeder der Ratsherren, und sie gerieten sich dabei in die Haare. Als ich zum letztenmal von ihnen hörte, stritten sie noch immer.
«Merkwürdig!» sagte der Vorarbeiter der Gießerei. «Das zerbrochene bleierne Herz will nicht schmelzen. Wir müssen es wegwerfen.» So warfen sie es auf den Kehrichthaufen, wo auch die tote Schwalbe lag.
«Hole mir die zwei wertvollsten Dinge in dieser Stadt», befahl Gott einem seiner Engel; und der Engel brachte ihm das bleierne Herz und den toten Vogel.
«Du hast richtig gewählt», sprach Gott, «denn im Garten meines Paradieses wird dieser kleine Vogel singen immerdar, und der glückliche Prinz wird mich preisen in meiner goldenen Stadt.»

Die Nachtigall und die Rose

«Sie würde mit mir tanzen, sagte sie, wenn ich ihr rote Rosen brächte», rief der junge Student; «aber in meinem Garten gibt es nicht eine einzige rote Rose.»

Die Nachtigall, die in ihrem Nest in der Steineiche saß, hörte dies, blickte durch die Blätter und wunderte sich.

«Nicht eine einzige rote Rose ist in meinem Garten!» rief er, und seine schönen Augen füllten sich mit Tränen. «Ach, von welch kleinen Dingen hängt doch das Glück ab! Ich habe alles gelesen, was die Weisen geschrieben, und alle Geheimnisse der Philosophie sind mein; aber eine einzige rote Rose, die ich brauche und nicht finde, macht mein Leben elend.»

«Endlich ein wahrer Liebender», sagte die Nachtigall. «Nacht für Nacht sang ich von ihm, den ich nicht kannte: Nacht für Nacht sang ich seine

Geschichte in die Sterne, und nun sehe ich ihn. Sein Haar ist dunkel wie die Hyazinthenblüte, und seine Lippen sind rot wie die Rose seiner Sehnsucht; aber die Leidenschaft macht sein Gesicht wie Elfenbein, und die Sorge drückt ihr Siegel auf seine bleiche Stirn.»

«Der Prinz gibt morgen abend einen Ball», flüsterte der Student, «und meine Liebste wird dort sein. Bring ich ihr die rote Rose, wird sie mit mir tanzen, bis der Morgen graut. Bring ich ihr die rote Rose, werde ich sie in den Armen halten, ihren Kopf wird sie an meine Schulter lehnen, und ihre Hand wird die meine umfassen. Aber es blüht keine rote Rose in meinem Garten; so muß ich einsam sein, und sie wird an mir vorübergehn. Sie wird mich nicht beachten, und mein Herz wird brechen.»

«Wirklich ein wahrer Liebender», wiederholte die Nachtigall. «Er leidet, was ich singe; für mich ist's Freude, für ihn Pein. O sicher, Liebe ist etwas Wundervolles, edler als Smaragde und lieblicher als schillernder Opal. Perlen und Granate können sie nicht erkaufen, kein Markt bietet sie feil. Von keinem Kaufmann kann sie erworben, mit keinem Gold aufgewogen werden.»

«Die Musikanten werden auf ihrem Podium sitzen und auf ihren Geigen spielen», sagte der Student. «Meine Liebste wird zum Klang der Harfe und der Geige tanzen. Oh, sie wird so leicht dahinschweben, daß ihr Fuß kaum den Boden berührt, und die Höflinge in ihren bunten Gewändern werden um sie sein. Mit mir aber wird sie nicht tanzen, denn ich habe nicht die rote Rose für sie.» Und er warf sich ins Gras, vergrub sein Gesicht in den Händen und weinte.

«Warum weint er?» fragte die kleine grüne Eidechse, die mit schlängelndem Schwanz an ihm vorbeilief.

«Ja warum?» sagte der Schmetterling, der nach einem Sonnenstrahl umherschaukelte.

«Ja warum?» wisperte das Maßliebchen zu seiner Nachbarin.

«Er weint um eine rote Rose», sagte die Nachtigall.

«Um eine rote Rose», riefen sie, «wie lächerlich!» Und die kleine Eidechse, die immer ein wenig zynisch war, lachte laut auf.

Die Nachtigall aber verstand das Geheimnis dieses Kummers; sie saß schweigend in der Eiche und dachte über die Liebe nach.

Plötzlich breitete sie ihre Flügel aus und schwang sich in die Nacht. Sie durchstreifte den Hain wie ein Schatten, und wie ein Schatten schwebte sie über dem Garten.

Inmitten des Rasens stand ein schöner Rosenstrauch, und als die Nachtigall ihn sah, flog sie drauf zu und setzte sich auf einen Zweig.

«Schenk mir eine rote Rose», rief sie, «und ich sing dir mein lieblichstes Lied.»

Aber der Rosenstrauch schüttelte den Kopf.

«Meine Rosen sind weiß», antwortete er, «so weiß wie die Gischt des Meers und weißer als der Schnee auf den Bergen. Doch flieg zu meinem Bruder, der um die alte Sonnenuhr wächst; vielleicht gibt er dir, was du wünschst.»

So flog die Nachtigall hinüber zum Rosenbusch, der um die alte Sonnenuhr wuchs.
«Schenk mir eine rote Rose», rief sie, «und ich sing dir mein lieblichstes Lied.»
Doch der Rosenbusch schüttelte seinen Kopf.
«Meine Rosen sind gelb», erwiderte er, «gelb wie das Haar der Nixe, die auf dem Bernsteinthrone sitzt, und gelber noch als die Narzisse, die auf der Wiese blüht, bis der Schnitter mit seiner Sense kommt. Aber flieg zu meinem Bruder, der unterm Fenster des Studenten wächst, vielleicht gibt er dir, was du wünschst.»
So flog die Nachtigall hinüber zum Rosenstrauch, der unterm Fenster des Studenten wuchs.
«Schenk mir eine rote Rose», rief sie, «und ich sing dir mein lieblichstes Lied.»
Doch der Rosenstrauch schüttelte den Kopf.
«Meine Rosen sind zwar rot», erwiderte er, «rot wie die Füße der Taube und röter noch als die weiten Korallenfächer, die unter der Wölbung des Meeres wogen und wogen. Doch der Winter ließ meine Adern erstarren; der Frost tötete meine Knospen, und der Sturm knickte meine Zweige; in diesem Jahr werde ich keine Rosen mehr tragen.»
«Eine einzige rote Rose will ich», rief die Nachtigall, nur eine einzige rote Rose! Weißt du denn nicht, wo ich sie finden und wie ich sie gewinnen kann?»
«Es gibt wohl eine Möglichkeit», sprach der Rosenstrauch, «aber sie ist so schrecklich, daß ich sie dir nicht zu sagen wage.»
«Sprich doch», sagte die Nachtigall, «ich fürchte mich nicht.»

«Wünschst du eine rote Rose, so mußt du sie im Mondlicht formen aus Gesang und röten mit deinem Herzblut. Mit einem Dorn in der Brust mußt du für mich singen, singen die ganze Nacht, und der Dorn muß dein Herz durchbohren; dein Blut muß in meine Adern fließen und mein Blut werden.»

«Der Tod ist ein hoher Preis für eine rote Rose», klagte die Nachtigall, «und jeder liebt das Leben. Herrlich ist es, in den grünen Wäldern zu sitzen, den goldenen Sonnenwagen zu schauen und die Perlengondel des Monds. Süß ist der Duft des Weißdorns, und süß sind die Glockenblumen, die im Tal sich verbergen, und das Heidekraut, das am Hügel blüht. Doch mehr als das Leben ist die Liebe, und was ist schon das Herz eines Vogels gegen ein Menschenherz?»

So breitete sie die braunen Flügel aus und erhob sich in die Luft. Sie strich wie ein Schatten über den Garten, und wie ein Schatten schwebte sie über den Hain.

Der junge Student lag noch immer im Gras, wie sie ihn verlassen hatte, und die Tränen in seinen schönen Augen waren noch nicht versiegt.

«Sei fröhlich», rief die Nachtigall, «sei fröhlich; du sollst deine rote Rose bekommen! Im Mondschein will ich sie formen aus meinem Gesang und röten mit meinem Blut – ich fordere nur, daß du ein wahrer Liebender bleibst, denn die Liebe ist weiser als Philosophie, so weise sie auch ist, und mächtiger als die Macht, so mächtig sie auch sein mag. Flammenfarben sind ihre Flügel, und von der Farbe der Flamme ist ihr Leib. Ihre Lippen sind

süß wie Honig, und ihr Atem ist wie Weihrauch.»
Der Student schaute vom Grase auf und lauschte; aber er verstand nicht, was die Nachtigall sang; denn er wußte nur, was in Büchern geschrieben stand.
Doch die Eiche verstand es, und sie ward traurig, denn sie liebte die kleine Sängerin, die ihr Nest in ihren Zweigen hatte.
«Sing mir ein letztes Lied», flüsterte sie; «ich werde sehr einsam sein, wenn du fort bist.»
So sang denn die Nachtigall der Eiche ein Lied, und ihre Stimme war wie der Wasserstrahl, der aus silbernem Gefäße perlt.
Als sie ihren Gesang geendet, erhob sich der Student und entnahm seiner Tasche Notizbuch und Bleistift.
«Sie hat einen herrlichen Ton», sprach er zu sich selber, als er durch den Hain hinwegging, «das kann man nicht leugnen. Doch besitzt sie auch Gefühl? Ich fürchte nein. Sie ist eben wie die meisten Künstler. Alles ist Stil an ihr ohne Ernsthaftigkeit. Sie würde sich nicht für andere opfern. Sie denkt nur an die Musik, und jeder weiß doch, daß die Kunst selbstsüchtig ist. Und doch muß man zugeben, daß ihre Stimme oft herrlich klingt. Schade, schade, daß der Klang so wenig Sinn hat und keinen praktischen Wert besitzt.» Und er ging in sein Zimmer, legte sich auf das Strohbett und dachte an seine Liebe. Nach einer Weile schlief er ein.
Als der Mond am Himmel leuchtete, flog die Nachtigall zum Rosenstrauch und stach den Dorn in ihre

Brust. Sie sang, den Dorn in ihrer Brust, die lange Nacht hindurch, und der Mond, der kristallne kalte, neigte sich herab und lauschte. Die ganze lange Nacht hindurch sang sie; immer tiefer drang der Dorn der Rose in ihre Brust, und ihr Blut verrann.

Zuerst sang sie vom Erwachen der Liebe im Herzen eines Jünglings und eines Mädchens. Und an der höchsten Spitze des Rosenstrauchs erblühte eine herrliche Rose, ein Blütenblatt folgte dem andern, wie ein Lied dem andern folgte. Noch war die Rose fahl wie der Nebel, der überm Flusse hing – fahl wie die Fußspitzen des Morgens und silbern schon wie die Flügel des erwachenden Tages. Wie das Bild einer Rose im Silberspiegel, wie das Bild einer Rose im Spiegel des Teichs, so war die Rose, die auf der höchsten Spitze des Rosenstrauchs sich entfaltete.

Doch der Strauch mahnte die Nachtigall, den Dorn tiefer in die Brust zu stechen. «Viel fester, kleine Nachtigall», rief er, «oder der Tag kommt, noch ehe die Rose vollendet ist.»

Die Nachtigall preßte den Dorn tiefer in die Brust hinein, und immer lauter wurde ihr Lied, als sie von der keimenden Leidenschaft in der Seele eines Mannes und einer Jungfrau sang.

Ein zarter rötlicher Hauch überzog die Blüte wie das Antlitz des Bräutigams, der die Lippen der Braut küßt. Noch aber hatte der Rosendorn nicht das Herz der Nachtigall erreicht, so daß der Rose Herz noch weiß war; denn nur das Herzblut der Nachtigall kann das Herz einer Rose röten.

Und nochmals mahnte der Strauch die Nachtigall, den Dorn tiefer zu stechen. «Viel fester, kleine Nachtigall», rief er, «oder der Tag kommt, noch ehe die Rose vollendet ist.»
Noch tiefer trieb die Nachtigall den Rosendorn in ihre Brust, und er berührte ihr Herz; wilder Schmerz durchzuckte sie. Bitter, bitter war der Schmerz, und wilder, immer wilder wurde ihr Lied, denn nun sang sie von der Liebe, die sich vollendet im Tode und unsterblich bleibt über das Grab hinaus.
Und die Rose rötete sich herrlich wie die Rose am östlichen Himmel. Dunkelrot war der Kelch der Blüte und wie ein Rubin glühend ihr Herz.
Der Nachtigall Stimme aber verlor sich, ihre kleinen Flügel begannen zu flattern, und ein Schleier bedeckte die Augen. Leiser, immer leiser wurde ihr Lied, und enger schnürte sich ihre Kehle.
Da brach noch einmal die Flut der Töne hervor. Der weiße Mond hörte es; er dachte nicht mehr an den Morgen und säumte auf seiner Bahn. Die rote Rose hörte das Lied, zitterte vor Entzücken, und ganz öffnete sich ihre Blüte in die kalte Morgenluft. Das Echo trug es zu seiner purpurnen Wohnung in den Hügeln und weckte die schlafenden Hirten aus ihren Träumen. Es wehte durchs Schilfrohr am Fluß, und das Schilf gab die Botschaft weiter dem Meer zu.
«Sieh doch, sieh!» rief der Rosenstrauch. «Die Rose ist vollendet.» Aber die Nachtigall gab keine Antwort; sie lag tot im hohen Gras, den Rosendorn im Herzen.

Als der Mittag kam, öffnete der Student sein Fenster und blickte hinaus. «Oh! Welch unermeßliches Glück», rief er, «eine rote Rose! Mein Leben lang habe ich noch keine Rose gesehen wie diese. Sie ist so schön, daß sie wohl einen langen lateinischen Namen hat.» Er beugte sich aus seinem Fenster und brach sie ab.

Dann setzte er seinen Hut auf und lief, die Rose in seiner Hand, zum Haus des Professors.

Die Tochter des Professors saß gerade in der Laube und wickelte blaue Seide auf eine Spule; ihr kleiner Hund lag zu ihren Füßen.

«Sie sagten», rief der Student, «Sie würden mit mir tanzen, wenn ich Ihnen eine rote Rose brächte! Hier ist die roteste Rose der Welt. Sie werden sie heute abend am Herzen tragen, und während wir tanzen, wird sie Ihnen zuflüstern, wie sehr ich Sie liebe.»

Doch die Tochter des Professors zog die Stirn in Falten.

«Ich fürchte, sie wird nicht zu meinem Kleid passen», antwortete sie, «und außerdem ließ mir des Kammerherrn Neffe echte Edelsteine überbringen. Und alle wissen doch, daß Edelsteine teurer sind als Blumen.»

«Oh, Sie sind undankbar, sehr undankbar», sagte der Student zornig und warf die Rose auf die Straße. Sie fiel in den Rinnstein, und das Rad eines Wagens rollte über sie hin.

«Undankbar?» sagte das Mädchen. «Ich glaube, Sie sind sehr ungezogen! Wer sind Sie denn schon? Ein kleiner Student. Ich glaube nicht, mein Herr, daß Sie Silberschnallen an Ihren Schuhen haben wie des

Kammerherrn Neffe.» Und sie stand von ihrem Stuhl auf und ging in das Haus.

«Was für eine alberne Angelegenheit ist doch die Liebe», sagte der Student im Weggehn. «Sie ist nicht halb so nützlich wie die Logik, denn mit ihr läßt sich nichts beweisen. Sie erzählt immer von Dingen, die niemals geschehen, sie macht einen glauben, was nie wahr sein wird. Wirklich – sie ist nicht brauchbar. Ich will wieder Philosophie studieren und Metaphysik. Heutzutage achtet man nur den, der praktisch zu sein weiß.»

Er kehrte in sein Zimmer zurück, zog ein staubiges dickes Buch hervor und begann zu lesen.

Der selbstsüchtige Riese

Jeden Nachmittag, wenn sie von der Schule kamen, gingen die Kinder in den Garten des Riesen und spielten dort.

Es war ein schöner großer Garten mit einer weichen grünen Wiese. Hübsche Blumen ragten da und dort wie Sterne über das Gras, und zwölf Pfirsichbäume, deren Knospen jeden Frühling in zartem Rosa erblühten, wuchsen darin und trugen im Herbst viele Früchte. Die Vögel saßen in den Bäumen und sangen so lieblich, daß die Kinder oft ihr Spiel unterbrachen, um ihnen zu lauschen. «Oh, so schön ist es hier!» riefen sie einander zu.

Eines Tages aber kam der Riese zurück. Er hatte seinen Freund, den Menschenfresser von Cornwall, besucht und war sieben Jahre lang bei ihm geblieben. Da die sieben Jahre um waren, hatte er ihm alles gesagt, was er zu sagen wußte – denn sein Gesprächsstoff nahm auch einmal ein Ende –, und

so machte er sich auf, zu seinem eigenen Schloß zurückzukehren. Als er dort ankam, sah er die Kinder in seinem Garten spielen.
«Was treibt ihr denn hier?» schrie er mit zorniger Stimme, und die Kinder liefen weg.
«Mein Garten bleibt mein Garten», sagte er, «jeder versteht das, und niemand soll darin spielen als ich.» Er baute also eine hohe Mauer um seinen Garten und brachte eine Warnungstafel an:

UNBEFUGTEN IST DAS BETRETEN DES GARTENS
BEI STRAFE VERBOTEN!

Er war ein sehr selbstsüchtiger Riese.
Die armen Kinder aber wußten nun nicht mehr, wo sie spielen sollten. Zuerst wollten sie auf der Straße spielen; die Straße aber war staubig und voll harter Kiesel, was sie gar nicht mochten. So wanderten sie oft, wenn die Schule aus war, rund um die hohe Mauer und redeten miteinander über den herrlichen Garten, der dahinterlag. «Wie schön war es darin», sagten sie zueinander.
Dann kam der Frühling, und überall im Lande sah man Blüten und Vögel. Nur im Garten des selbstsüchtigen Riesen blieb es Winter. Die Vögel wollten darin nicht singen, weil keine Kinder spielten, und die Bäume vergaßen zu blühen. Einmal streckte eine Blume ihr Köpfchen aus dem Gras hervor, aber als sie die Verbotstafel sah, taten ihr die Kinder so leid, daß sie zurück in die Erde schlüpfte und sich wieder schlafen legte. Die einzigen, die sich darüber freuten, waren der Schnee und der Frost. «Der Frühling vergaß den Garten!» riefen sie. «Wir werden das ganze Jahr hier verbringen.» Der

Schnee bedeckte das Gras mit seinem weiten weißen Mantel, und der Frost bemalte die Bäume mit Silber. Dann luden sie den Nordwind ein, bei ihnen zu wohnen, und der kam. Er war in einen Pelz gehüllt, brauste den ganzen Tag lang durch den Garten und blies die Schneekappen von den Kaminen. «Es ist ein köstlicher Ort», sagte er, «wir müssen den Hagel zu Besuch laden.» So kam auch der Hagel. Jeden Tag trommelte er drei Stunden aufs Dach des Schlosses, bis er fast alle Ziegel zerbrochen hatte, dann sauste er rund um den Garten, so schnell er konnte. Er war grau gekleidet, und sein Atem war wie Eis.
«Ich kann nicht verstehen, warum der Frühling sich so verspätet», wunderte sich der selbstsüchtige Riese, als er am Fenster saß und in den eisigen weißen Garten schaute. «Es wäre endlich Zeit, daß sich das Wetter ändert.»
Aber der Frühling kam nicht, und auch nicht der Sommer. Der Herbst brachte goldene Früchte in jeden Garten, nicht aber in den des Riesen. «Er ist zu selbstsüchtig», sagte der Herbst. So blieb es darin immer Winter, und Nordwind und Hagel und Frost und Schnee tanzten durch die Bäume.
Eines Morgens nun lag der Riese wach in seinem Bett, als er wundervolle Musik vernahm. Es tönte so lieblich an seine Ohren, daß er meinte, es müßten die Musikanten des Königs vorbeiziehn. Es war aber nur ein kleiner Hänfling, der vor seinem Fenster sang, und so lange schon hatte er keinen Vogel mehr singen hören, daß ihn der Gesang wie die schönste Musik der Welt dünkte. Da hielt auch

der Hagel inne, über seinem Kopf zu tanzen, und der Nordwind verhielt seinen Atem, und köstlicher Duft strömte durch den offenen Fensterflügel. «Am Ende ist doch der Frühling gekommen!» sagte der Riese, sprang aus dem Bett und blickte hinaus.
Und was sah er da?
Er sah ein herrliches Bild. Durch ein kleines Loch in der Mauer waren die Kinder in den Garten gekrochen und saßen nun auf den Ästen der Bäume. In jedem Baum, den er sehen konnte, saß ein Kind. Und die Bäume waren so froh, nun wieder die Kinder zu haben, daß sie sich mit Blüten überdeckten und ihre Arme leicht über den Köpfen der Kinder schwenkten. Die Vögel flogen umher und zwitscherten voll Lust, und die Blumen lugten aus dem grünen Gras hervor und lachten. Es war ein liebliches Bild. Nur in einem Winkel war es immer noch Winter; es war am äußersten Ende des Gartens, und ein Knabe stand dort. Er war so klein, daß er die Äste des Baumes nicht erreichen konnte.
So lief er rund um ihn herum und weinte. Der arme Baum war immer noch mit Frost und Schnee bedeckt, und der Nordwind blies und brauste um ihn. «Klettere hoch, Kleiner», sagte der Baum und beugte seine Äste, so tief er konnte; aber der Knabe konnte sie nicht erreichen, er war zu klein.
Und des Riesen Herz wurde weich, als er das sah. «Wie selbstsüchtig bin ich gewesen!» rief er. «Nun weiß ich, warum der Frühling nicht kommen wollte. Ich will den armen Kleinen auf die Spitze des Baumes setzen und dann die Mauer niederreißen, und die Kinder sollen nun immer in meinem Garten

spielen dürfen.» Es tat ihm wirklich leid, was er getan hatte.

So schlich er denn hinab, öffnete ganz leise die vordere Tür und ging in den Garten. Als aber die Kinder ihn sahen, erschraken sie so sehr, daß sie wegliefen; und im Garten ward es wieder Winter. Nur der kleine Knabe lief nicht fort, denn seine Augen waren so voller Tränen, daß er den Riesen nicht kommen sah. Und der Riese stahl sich hinter ihn, nahm ihn zärtlich in seine Hand und setzte ihn in den Baum. Und mit einmal öffneten sich die Knospen des Baumes, die Vögel kamen und sangen in ihm, und der kleine Knabe streckte seine Ärmchen aus und schlang sie um den Hals des Riesen und küßte ihn. Und als die andern Kinder sahen, daß der Riese nicht mehr böse war, kamen sie zurückgelaufen, und mit ihnen der Frühling. «Es ist nun euer Garten, liebe Kinder», sagte der Riese, nahm eine gewaltige Hacke und riß die Mauer ein. Und als die Leute um zwölf Uhr zum Markt gingen, fanden sie den Riesen mit den Kindern im herrlichsten Garten spielen, den sie je gesehen hatten.

Den ganzen Tag spielten sie, und am Abend gingen sie zum Riesen und wünschten ihm eine gute Nacht.

«Und wo ist euer kleiner Kamerad?» fragte er, «der Kleine, den ich in den Baum gesetzt habe?» Ihn liebte der Riese am meisten, denn er hatte ihn ja geküßt.

«Wir wissen es nicht», erwiderten die Kinder, «er ist fortgegangen.»

«Ihr müßt ihm sagen, daß er morgen ganz gewiß

wiederkommt», sagte der Riese. Die Kinder aber antworteten, daß sie nicht wüßten, wo er wohne, noch hätten sie ihn je vorher gesehn; und der Riese war sehr traurig.

Jeden Nachmittag, wenn die Schule aus war, kamen die Kinder und spielten mit dem Riesen. Aber der Kleine, den der Riese so liebte, ward nimmer gesehn. Der Riese war sehr gut zu den Kindern, doch er sehnte sich nach seinem ersten kleinen Freund, und oft sprach er von ihm. «Wie gern säh ich ihn wieder!» sagte er dann.

Jahre vergingen, der Riese wurde alt und schwach. Er konnte nicht mehr herumtollen wie früher, und so saß er in einem riesigen Lehnstuhl, schaute den Kindern zu und freute sich an ihrem Spiel und seinem Garten. «Viele herrliche Blumen sind in meinem Garten, aber die herrlichsten Blumen von allen sind doch die Kinder.»

Eines Morgens im Winter blickte er, als er sich gerade ankleidete, aus seinem Fenster. Er haßte den Winter nicht mehr, denn er wußte ja, daß der Frühling nur schlief und die Blumen ruhten.

Plötzlich rieb er sich verwundert die Augen und schaute und schaute. Oh! Es war ein wundervoller Anblick! Am äußersten Ende des Gartens war ein Baum ganz mit zierlichen weißen Blüten bedeckt. Seine Zweige waren von Gold, und silberne Früchte hingen an ihnen, und darunter stand der kleine Knabe, den der Riese liebte.

Da rannte er in großer Freude hinab, eilte hinaus in den Garten, übers Gras, und näherte sich dem Kinde. Und als er ganz nah war, rötete sich sein

Gesicht vor Zorn, und er sagte: «Wer hat es gewagt, dir weh zu tun?» Denn in den Handflächen des Kindes waren die Male von zwei Nägeln, und die Male zweier Nägel waren an den kleinen Füßen.
«Wer hat gewagt, dich zu verwunden?» rief der Riese. «Sag es mir, und ich nehme mein großes Schwert und töte ihn.»
«Nein, töte nicht», erwiderte das Kind, «es sind doch die Wunden der Liebe.»
«Wer bist du?» fragte verwundert der Riese, und fremde, ehrwürdige Scheu überkam ihn, und er kniete nieder vor dem Kinde.
Das Kind lächelte hinüber zum Riesen und sagte: «Einst hast du mich in deinem Garten spielen lassen, nun sollst du mit mir kommen in meinen Garten, ins Paradies.»
Und als die Kinder am Nachmittag in den Garten kamen, fanden sie den Riesen tot unterm Baume liegen, ganz bedeckt mit weißen Blüten.

Inhaltsverzeichnis